Elke Wierk-Jürgens

„Erzähl' mal von früher!"

Als Großmutter ein kleines Mädchen war

1936 – 1947 in Meldorf

© Elke Wierk-Jürgens, Aurich 2002

Umschlaggestaltung und Einrichtung für den Druck:
Henning P. Jürgens, Emden

Herstellung: Books on Demand GmbH, Norderstedt

ISBN 3-8311-4514-8

„MUTTER, ERZÄHL' MAL VON FRÜHER", haben mich unsere Kinder häufig gebeten, und ich habe dann erzählt, was
ich als kleines Mädchen erlebt habe. Diese Geschichten
trage ich hier für Euch, unsere Enkelinnen

> Dora Charlotte,
> Matilde Sofia,
> Lucia

zusammen. Sie spielen alle in der Zeit des Zweiten Weltkrieges, in der ich Kind war.

Mein Vater, Euer Urgroßvater, war Schmiedemeister.
Lange Zeit stand er als Obermeister der Schmiedeinnung
vor, die es heute nicht mehr gibt. Das Handwerk ist fast
ausgestorben, weil es im elektronischen Zeitalter nicht
mehr gebraucht wird.

Ich habe eine reiche, glückliche Kindheit gehabt in
Lebensverhältnissen, die sich heute völlig verändert haben. Damit Ihr, unsere Enkelkinder, kennen lernt, wie
wir gelebt haben, und Euren Vorfahren in meinen Erinnerungen begegnet, habe ich sie aufgeschrieben. Meine
schönen und schlimmen Erlebnisse in der Zeit von 1936
bis 1947 erzähle ich ohne Bewertung aus der Sicht des
kleinen Mädchens, das ich damals war.

Las Palmas de Gran Canaria, Weihnachten 2001

Eure Großmutter Elke Jürgens, geborene Wierk

INHALTSVERZEICHNIS

IM SCHMIEDEHAUS

Von meinem Zuhause will ich zuerst erzählen: Ich bin geboren in Meldorf an der Nordsee nahe der Dithmarscher Bucht. Als ich in der Handwerkerwohnung der Schmiede meines Vaters zur Welt kam, soll ein Leiermann vor dem Hause auf seiner Drehorgel die Melodie zu dem Lied gespielt haben:

> Wo de Nordseewellen trecken an den Strand
> Wo de geele Ginster bleut in'n Dünensand
> Wo de Möwen schriegen
> Hell int Sturmgebrus
> Dor is miene Heimat
> Dor bün ik tohus.

Die Schmiede hatte mein Vater ein Jahr vorher als junger Meister von Schmied Hansen übernommen. So sind meine frühesten Erinnerungen die Geräusche, die von der Arbeit in der Werkstatt bis in die Wohnung drangen: das Klingen der Hämmer auf dem Amboss, bei dem man gut den hellen Ton des kleinen Hammers, der den Takt vorgab, unterscheiden konnte von dem dumpfen Dröhnen zweier verschiedener Vorschlaghämmer, mit denen das rotglühende Stück Eisen im Wechsel ausgeschmiedet wurde. Das Eisen war vorher auf der Esse unter glühenden Kohlen erhitzt worden, mein Vater hielt es mit einer schweren langen Eisenzange in der einen Hand, und in der anderen schwang er den kleinen Hammer, der das Zeichen zum Einsatz gab. Dabei hatte er eine große lederne Schürze vorgebunden, das „Schurzfell", denn er musste sich schützen gegen glühende Eisensplitter, die beim Schmieden abspringen konnten. Nur bei großen Arbeiten standen drei Schmiede vor dem Amboss, ein Meister oder Geselle und zwei Lehrlinge. Wenn Hufeisen zum Beschlagen der Pferde geschmiedet wurden, arbeitete einer allein. Auch anderer Lärm der Werkstatt drang in die Wohnung: das Kreischen des Schleifsteins, auf dem die großen eisernen Messer, die Pflugschare, für die Pflüge geschärft wurden, oder das donnernde Aufschlagen des elektrischen Federhammers – mein Vater nannte ihn „Dampfhammer" – für schwere Eisenstücke. Das alles klang für mich aber nicht beängstigend, eher wie Musik, wie eine Melodie. Manchmal wurde ich sogar zum Mitsingen angeregt, denn wenn der elektrische Schweißapparat arbeitete, sprang der Ton beim Aufsetzen der Elektrode um eine Quinte nach oben, und in diesen unregelmäßigen Tonwechsel habe ich meine selbsterfundenen Melodien hineingesungen.

Aber auch Düfte oder Gerüche gehören zu meinen ersten Eindrücken. Jeden Morgen wurden in der Werkstatt mehrere Pferde beschlagen, sie bekamen neue Hufeisen angepasst und aufgenagelt. Wenn das noch heiße Eisen auf dem vorbereiteten Huf anprobiert wurde- das tut den Pferden nicht weh – entstand ein scharfer Brandgeruch, den manche Menschen unangenehm finden. Unruhigen Pferden wurde beim Beschlagen ihre Oberlippe mit einer Lederschlaufe abgebunden, so dass es ihnen dort ein bisschen wehtat. Auf diese Weise wurden sie vom Arbeiten an ihren Hufen abgelenkt und blieben still.

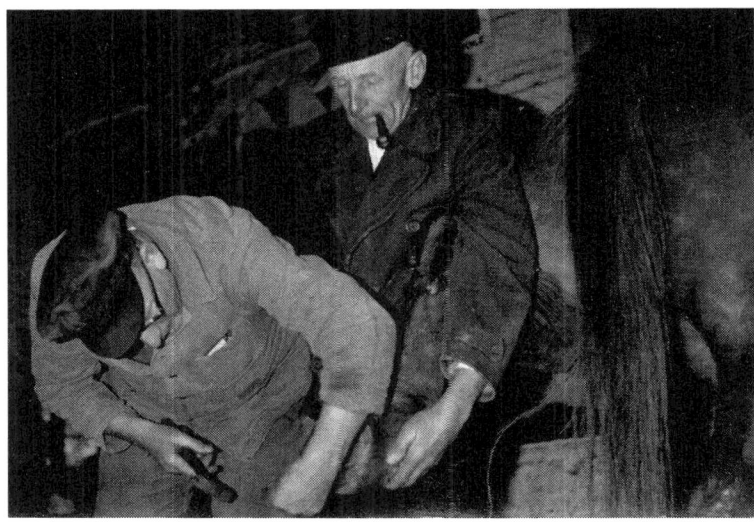

Beim Hufbeschlag

Sehr unruhige Pferde konnten aber auch gefährlich werden. Ich weiß nur aus Erzählungen, dass mein Vater, als ich noch sehr klein war, von einem Pferd geschlagen worden und dabei in Lebensgefahr geraten ist, weil er vom Arzt mit einem falschen Medikament behandelt wurde. Er bekam eine Serumvergiftung, von der noch lange in unserer Familie geredet wurde.

Miterlebt habe ich, wie der Kriegsgefangene Babic vom Pferd geschlagen und dann zur ärztlichen Behandlung auf die Couch in unserem Wohnzimmer gelegt wurde. Er hat den Unfall ohne schlimme Folgen überstanden.

Für mich gehörte der Brandgeruch der Pferdehufe selbstverständlich zu unserem Haus dazu, wie auch der warme Duft von „Pferdeäpfeln", den die Tiere in der Werkstatt hinterließen. Beides, die Hufspäne, die beim Beschlagen abgehobelt wurden, und die Pferdeäpfel, wurden beim Aufräumen der Werkstatt von den Lehrlingen gesammelt für Leute, die damit ihren Garten düngten. Einen richtig guten Duft habe ich aber auch in Erinnerung, der ging aus von den Blüten eines Rosenstockes, der vor meinem Kinderzimmerfenster wuchs, von dicken, gefüllten dunkelroten Rosen.

Weil die Lehrlinge meines Vaters mit in unserem Haus wohnten in einer einfachen Kammer „op'n Böhn", gehörten sie für mich von Anfang an mit zu meinen Erlebnissen. Sicher war ich noch ganz klein, als der Schmiedelehrling Erich Perner mit mir „einhüten" musste, denn beide Eltern waren ausgegangen. Er hatte mich aus meinem eisernen Drahtmaschenbettchen herausgenommen

10

Pferde gehörten von Anfang an dazu

und auf die Couch gelegt. Ich weiß noch genau, wie er sich zu mir gesetzt und beruhigend gesungen hat:

Guten Abend, gut' Nacht,
mit Rosen bedacht,
mit Näglein besteckt,
schlüpf unter die Deck'
Morgen früh, wenn's Gott will,
wirst du wieder geweckt.

Das hat mir sehr gut getan, und ich bin dann wohl auch bald eingeschlafen. Wenn meine Eltern zu Hause waren, konnte ich nur einschlafen, wenn ich im dunklen Kinderzimmer einen Lichtspalt an der oberen Kante der Tür zum Wohnzimmer sah. Dann war ich beruhigt, sie sind nebenan. Am Tage habe ich auch gern in der Schmiede gespielt, fand es lustig, unter den Bäuchen mehrerer Pferde durchzulaufen, die in einer Reihe nebeneinander standen und darauf warteten beschlagen zu werden.

Das war natürlich gefährlich, auch ist mir einmal an der Werkbank der eiserne Klöppel eines Schraubstocks auf den Kopf gefallen, als niemand auf mich aufgepasst hat, so dass ich ein blutendes Loch im Kopf hatte. Da war es nur verständlich, dass mein Vater und die „Jungs", wie die Lehrlinge genannt wurden, meinten, die Schmiede sei kein Spielplatz, und mich da nicht mehr haben wollten.

Natürlich war ich nicht ganz zu vertreiben, denn das war ja mein Zuhause, aber ich wurde oft verscheucht, und Lehrling Werner Kuhrts drohte: „Ik mok di schwatt!", wobei er unter den Abzug der Esse griff und sich die Handflächen mit Ruß schwarz machte. Oder er rief sogar: „Ik schnied' di de Ohrn' aff!". Da bin ich dann lieber erst einmal verschwunden.

12

Reiten mit Papas Hilfe

Mittags haben wir alle zusammen in der Küche gegessen, der Meister, Fru Meisterin, die Lehrlinge und Gesellen. Nun wird man bei der Schmiedearbeit ja ganz natürlich schmutzig, und die Jungs haben sich nicht immer vor dem Essen die Hände gewaschen, nur manchmal war das anders. Dann rief die Köksch, das war das Hausmädchen, laut in die Werkstatt zu Tisch: „Jungs, eten, Hannen waschen, dat gift Pellkantüffeln!"

So schöne Wasch- und Badegelegenheiten wie heute gab es damals noch nicht. Nach Feierabend wuschen sich die Lehrlinge und Gesellen, die bei uns im Hause wohnten, in der Schmiede vor der Esse. Das warme Wasser beschafften sie sich auf ganz einfache Weise: In einen Zinkeimer mit kaltem Wasser wurde ein glühendes Stück Eisen gesteckt, es zischte und brodelte, und nach kurzer Zeit war das Wasser schön warm. Ich selbst wurde einmal in der Woche auch in einer Zinkwanne gebadet, das Wasser war aber vorher auf dem Kohlenherd heißge-

Vor der Werkstatt

macht worden. So einfach war das damals, es war ein großes Vergnügen, in der Küche zu baden und sich anschließend im Wohnzimmer am warmen Kachelofen trocken zu rubbeln.

HANDWERKERNACHBARN

In unserer Nachbarschaft gab es noch andere Handwerker, denen ich bei der Arbeit in ihrer Werkstatt zugucken konnte. Da war gleich neben unserer Schmiede
die Stellmacherei von Meister Dieckmann. Er baute ganz
aus Holz Kutschen und Bauernwagen mit Deichseln für
die Pferde, die sie ziehen sollten. Alles, was an eisernen
Beschlägen noch dazugehörte, damit die Pferde an die
Wagen angeschirrt werden konnten, wurde in unserer
Werkstatt geschmiedet. Neben der Deichsel waren rechts
und links die Sieltaue eingehängt, Holzarme, an denen
mit Ketten und Lederriemen die Pferde angeschirrt wurden. An ihren beiden Enden saß je eine Bracke, ein breites Eisenband, das in einer schmalen Öse endet, in die die
Riemen zum Anzäumen der Pferde eingeklinkt werden.
Eine Bracke war nicht einfach zu schmieden, sie bestand
aus einem breiten Eisenband um das Sieltau herum, das
in eine Öse überging. Die Lehrlinge mussten lange üben,
damit sie bei ihrer Gesellenprüfung in unserer Werkstatt
vor den Augen der Meister so ein Werkstück schmieden
konnten. Für jeden Gesellen war die Bracke das Stück,
das während der Prüfung anzufertigen war. Ich habe
manchmal von weitem dabei zugeguckt und gespürt, wie
aufregend das war. Es standen dabei ja auch mehrere
Meister, die das Schmieden beurteilen mussten und eine
Zensur dafür erteilen.

In der Schmiede

Ich habe auch gern dabei zugesehen, wenn auf die großen Holzspeichenräder, die vom Stellmacher kamen, ein
schmaler eiserner Reifen aufgezogen wurde, der sie noch
fester machen sollte. Das war ein richtiges Schauspiel:
Das Rad hing in der Nabe in einem Gestell über einem
schmalen Wasserbecken darunter, so dass der
untere Teil des Reifens im Wasser lag. Wenn nun der
rotglühend geschmiedete Eisenreifen mit Klammern über
das Holzrad gezogen wurde, musste schnell gearbeitet
werden, damit das Holz nicht verbrannte, und darum
wurde das Rad langsam gedreht, so dass das heiße Eisen
im Wassergraben abgekühlt wurde. Das war aufregend
und spannend anzusehen, es mussten immer mehrere

Leute mitarbeiten, die sich mit lauten Zurufen verständigten, welche Handgriffe als nächste zu tun waren, wenn das Rad langsam durch das zischende Wasser gezogen wurde, Wenn es dann endlich fertig weggerollt wurde, war ich als Zuschauerin ganz erleichtert.

Gegenüber unserer Schmiede auf der anderen Straßenseite lag die Möbeltischlerei Christiansen. Zwischen Schmied und Tischler gab es nicht eine so enge Zusammenarbeit wie zwischen Schmied und Stellmacher, aber doch waren die Handwerker gute Nachbarn. Hier wurden Fenster und Türen angefertigt und Möbelstücke nach Wunsch. Hier konnte ich sehen, wie mit einem Hobel gearbeitet wurde, mit der Hand ohne Maschinen, und der Leim, mit dem Holzteile zusammengeklebt wurden, gab dieser Werkstatt den besonderen Duft. Meine Puppenmöbel, Wiege, Kleiderschrank, Frisierkommode, Küchenschrank und eine Karre zum Ausfahren der Puppen sind von Tischler Christiansen in Handarbeit für mich gebaut worden, ich habe sie von meinen Eltern nacheinander zu Weihnachten und zum Geburtstag geschenkt bekommen.

Bei Sattlermeister Behnke, dem Opa meiner Freundin Ruth Behnke, habe ich auch gern zugeguckt. Er hatte seine Werkstatt im Untergeschoss eines prächtigen Hauses, das am Platz gegenüber der Holländerei liegt. Damals hieß er Pferdemarkt, denn hier kamen einmal im Jahr die Pferdezüchter und Pferdehändler aus Dithmarschen zusammen und boten ihre Pferde zum Verkauf an. Da lag Opa Behnkes Werkstatt genau richtig, denn er hat aus Leder das Zaumzeug gearbeitet, mit dem die Pferde angeschirrt wurden zum Pflügen und zum Ziehen der Bauernwagen und Kutschen. Und für die Pferde, die von der Polizei geritten wurden, hat er die schweren Leder-sättel genäht, auf denen man bequemer sitzt als auf dem bloßen Rücken der Pferde. Opa Behnke war ein lustiger Mann, der uns Kindern gern aus seinem Leben erzählte, wobei er aber immer fleißig weiterarbeitete, mit dem Pfriem Löcher ins Leder bohrte und mit zwei Nadeln und zwei Fäden eine Naht durch das Leder steckte. Wenn wir aber vorlaut waren, wurden wir von ihm zu-rechtgewiesen. So sagte er einmal zu Peter Hartmann, der ihm beim Erzählen ins Wort fiel, „Klook as een Imm', schitt bloot keen Honi!" (Klug wie eine Imme, eine Biene, scheißt, gibt, bloß keinen Honig). – Schmied Wierk, Stellmacher Dieckmann und Sattler Behnke arbeiteten also eng zusammen und hatten ihre Werkstätten auch nahe beieinander.

Etwas weiter entfernt, aber auch noch von meinem El-ternhaus aus zu sehen, liegt die Windmühle von Müller Hinrichs. Als ich klein war, hat sie noch gearbeitet, hat Getreide gemahlen, Weizen und Roggen, das die Bauern in Dithmarschen auf ihren Feldern anbauen. Eine Wind-mühle muss sehr viel höher liegen als die Häuser der Umgebung, damit der Wind in die Mühlenflügel fahren kann. In der Norderstraße steht sie auf dem Mühlenberg. Die Mühlenkappe mit den vier Mühlenflügeln, die auf einem feststehenden hohen Steinhaus liegt, ist drehbar. Das kleine Windrad an ihrer Rückseite dreht sie immer ganz genau in die Richtung, aus der der Wind kommt.

18

Der Hof um die Mühle, über dem sich das Windrad dreht, ist natürlich abgesperrt, denn es ist gefährlich, in die Nähe der Flügel zu kommen. Aber zugeguckt haben wir in der Nähe doch gern. Der Wind musste schon kräftig wehen, damit sich die Flügel drehten, aber bei Sturm wurden sie fest verankert, damit sie nicht zertrümmert wurden. Im Innern der Mühle hörte man das Klappern der Flügel im Wind und das Knacken und Rattern der Mahlsteine, die durch den Wind bewegt wurden. Weizenmehl und Roggenmehl wurde hier geschrotet oder fein gemahlen, in Säcken abgepackt lagerten sie in der Mühle, und über den ganzen Raum und alle Geräte breitete sich ein feiner Mehlstaub. Ich bin einige Male mit meiner Freundin Elke Heinrich hier gewesen, um Hühnerfutter einzukaufen, das waren ungemahlene Getreidekörner, mit denen Heinrichs ihre Hühner fütterten, einen Hahn und sechs Hennen im Hühnerstall im Garten, damit sie tüchtig Eier legten. Unser Mehl zum Kuchenbacken haben wir nicht bei Müller Hinrichs gekauft, sondern bei Kaufmann Groth, der es in großen Mengen von der Mühle geliefert bekam und es in Tüten abwog zum Verkauf.

Als nach Kriegsende die vielen Flüchtlinge nach Dithmarschen kamen und der Hunger groß war, wurde es erlaubt, auf den abgeernteten Getreidefeldern die liegengebliebenen Ähren aufzusammeln. Sie konnten beim Müller abgeliefert und gegen Mehl eingetauscht werden. Durch Ährenlesen haben sich manche arme Leute zusätzlich Nahrungsmittel verschafft.

Noch einem Handwerker konnte ich bei der Arbeit zusehen, dem Töpfer- und Ofensetzermeister Schwarz, als er in unserer Wohnung dort, wo vorher ein großer weißer Steingutofen gestanden hatte, einen neuen Kachelofen aufmauerte. Das war damals etwas Neues: Der behäbige Ofenklotz aus Schamottsteinen, mit schönen grünen Kacheln verkleidet, steht in der Wohnstube, und die Öffnung für das Feuerloch, in dem Braunkohlen, Eierkohlen, Briketts und Holz verfeuert wurden, liegt auf dem Flur davor, so dass es im Zimmer keinen Dreck gab.

Mit „Püttjer" Schwarz und seiner Frau Marie waren meine Eltern auch privat befreundet, so dass wir sie manchmal sonntags besuchten. Dazu fällt mir eine lustige Begebenheit ein: Es war in der Kriegszeit, als es Lebensmittel nur zugeteilt auf Bezugscheinen, auf „Marken", zu kaufen gab. Schlagsahne konnte man gar nicht kaufen, denn die Dithmarscher Bauern mussten alle Milch von ihren Kühen in der Meierei abliefern, wo die Sahne dann zu Butter verarbeitet wurde. Schlagsahnekuchen war im Krieg ein Luxus, den wir uns nicht leisten durften. Nun gab es natürlich Leute, die mit Bauern befreundet waren, von denen sie unerlaubt – „schwarz" nannte man das damals – Sahne geschenkt bekamen. So auch Tante Marie. Neben dem Apfelkuchen, den wir an diesem Sonntag aßen, stand auch eine Schüssel mit Schlagsahne, als es an der Haustür klingelte. Da Tante Marie nicht wusste, wer da kommen würde, musste sie die unerlaubte Schlagsahne schnell verschwinden lassen und stellte die Schüssel im Nebenzimmer auf die Erde, die offene Tür war nur durch einen Stoffvorhang verdeckt. Und wer trat ein? Ein Mensch mit einem großen Schäferhund, der auf den Befehl „Hier Platz!" gar nicht hörte, weil er gleich den Duft von der Schlagsahne in der Nase hatte und hinter dem Vorhang verschwand. Vor Überraschung redete niemand, dafür war bald deutlich zu hören, dass der Hund die Schlagsahne gefunden hatte und sie genüsslich schmatzend aus der Schüssel leckte. Zum Glück war sein Herrchen ein Freund des Hauses, der Tante Marie nicht verpetzen würde, darum konnten wir über diese Geschichte tüchtig lachen, die Schlagsahne war aber leider aufgeschlabbert.

Und nun muss ich noch von Gosch Möller erzählen. Er ist auch ein Handwerker, arbeitet aber nicht mit Eisen, Holz oder Kacheln, sondern mit Gold, Silber und Edelsteinen, er ist ein Goldschmiedemeister. Zu der Zeit, als ich oft in seiner Werkstatt war, wurde dort von mehreren Lehrlingen und Gesellen vor allem der Filigranschmuck hergestellt, wie er schon seit mehreren hundert Jahren in Dithmarschen getragen wird. Für Filigran werden feine Drähte, Fäden aus Gold oder Silber, so aufgerollt, dass sie wie Körner erscheinen, dann werden sie zu Mustern zusammengelegt und gehalten von einer Fassung. Diese Filigranplättchen werden dann zu Schmuckstücken zusammengesetzt. Gosch Möller hatte selbst schöne Filigranmuster erfunden, und in seiner Werkstatt wurden Ringe, Ketten, Armbänder und Broschen gearbeitet, die bei den Meldorfern sehr beliebt waren. Aus Silber war dieser Schmuck damals, denn Gold war zu teuer. Ich hatte als kleines Mädchen auch ein schmales Filigranarmband. Ein vielbewundertes Ausstellungsstück, von

Gosch Möller gearbeitet, stand manchmal in dem damals recht kleinen Schaufenster: eine Windmühle, etwa so groß wie ein Schemel, ganz aus Gold- und Silberfiligran. Diese Windmühle hatte zwar keine beweglichen Flügel; die brauchte sie aber auch nicht, denn sie war nicht als Arbeitsgerät gebaut, sondern als Schmuckstück und sollte das Wappen der Familie Möller darstellen.

Ganz entfernt sind wir Wierks mit den Möllers auch verwandt, und so war es ganz natürlich, dass der Grobschmied und der Goldschmied auch privat gute Freunde waren. Bei der Arbeit trug mein Vater einen Anzug wie heute die Jeans, „blau Tüch" hieß das, und Gosch Möller hatte einen weißen Arbeitskittel. Nach Feierabend zogen sie sich um, aber viel Garderobe besaßen damals im Krieg und kurz danach beide nicht. Darum gab es ein Abkommen, Gosch durfte den schwarzen Ausgehanzug meines Vaters auch tragen, wenn er zu einer Feierlichkeit eingeladen war, zu der mein Vater nicht kam. Das ging lange gut, denn die beiden hatten damals die gleiche - Figur. Dann änderten sich die Zeiten, und der Anzug war schon recht abgetragen. Da meinte Gosch Möller eines Tages: „Du, Otto-Hein, ik gleuv, wi brukt, n nieden Antoch, de ole is op!" Eigentlich hatte er sich vorgestellt, dass sie wieder einen Anzug gemeinsam benutzen würden, dann haben sie sich aber doch jeder einen neuen gekauft.

UNSERE WOHNUNG

Unsere Wohnung direkt neben der Schmiedewerkstatt war klein und übersichtlich, es gab ein Wohnzimmer und ein Schlafzimmer und dazwischen einen schmalen Raum, mein Kinderzimmer. Diese drei Räume lagen an einem Flur, der mir furchtbar lang vorkam. Der Steinfußboden musste mit einem eisenschweren Bohnerbesen blank gebohnert werden, das kostete viel Kraft, aber manchmal ließ mich unser gutmütiges Dienstmädchen auf dem Bürstenklotz sitzen, und ich durfte „mitfahren", wenn sie den Besen über den Boden zog und schob. Am Ende des Flures lag eine kleine Küche mit einer Tür, die nach draußen in den Hof führte, und daneben eine winzig kleine Speisekammer. Das war die ganze Wohnung. Sie lag im Erdgeschoss neben der Schmiedewerkstatt.

Darüber gab es noch eine Wohnung im ersten Stock, die an Frau Schukowsky vermietet und von ihr bewohnt war, einer kinderlosen jungen Frau. Ihr Mann war Soldat und kam nur während des Fronturlaubs nach Hause, und als er dann im Krieg gefallen ist, hat Frau Schukowsky sich in ihrem Kummer mit Klavierspielen getröstet und schließlich noch ein Studium zur Klavierlehrerin begonnen. Dafür musste sie tüchtig üben, und da sie tagsüber als Sekretärin arbeitete, war ihre Übungszeit der Abend, manchmal so spät, dass ich schon im Bett lag, wenn sie spielte. Ich habe ihr sehr gern zugehört, und da ihr Zimmer genau über meinem Schlafzimmer lag, konnte ich ohne besondere Anstrengung diese Nachtmusik anhören. Manchmal bin ich aber doch aus meinem Bett ausgestiegen und habe mich mit meinem Federbett in die Ecke gekauert, über der im Zimmer oben das Klavier stand. So war die Übertragung der Töne durch die Mauer noch deutlicher, ich habe mein Ohr an die Wand gelegt und der „Mondscheinsonate" gelauscht und der „Wut über den verlorenen Groschen", denn Beethoven war der Lieblingskomponist von Frau Schukowsky und wurde so auch meiner.

Zurück in unsere Wohnung: Ein Badezimmer gab es im Anfang noch nicht – ich wurde darum ja sonnabends in einer Zinkbadewanne in der Küche gebadet – und statt einer Toilette mit Wasserspülung hatten wir ein „Plumpsklo" auf dem Hof, das war eine einfache Bretter-bude mit einem herzförmigen Loch in der Tür, darin eine Holzbank mit rundem Loch, die „Klobrille", die über dem Toiletteneimer lag. Mit diesem Klohäuschen, das hinter der Werkstatt am Ende eines Regals für lange Ei-senstangen stand, ist einmal eine etwas eklige Geschichte passiert. Lehrlinge aus der Schmiede wollten angeblich mit Karbid, einem Zündstoff, der in der Werkstatt be-nutzt wurde, ein Rattennest ausräuchern. Aber sie müs-sen damit so unvorsichtig umgegangen sein, dass der Kloeimer zusammen mit der leichten Bretterbude dar-über in die Luft geflogen ist und den braunen Inhalt über die Umgebung verspritzt hat. Damals ist nicht aufgeklärt worden, ob die „Jungs" sich am Ende sogar damit einen bösen Streich geleistet haben. Sonst wurde dieser volle Eimer von der städtischen Abfuhr abgeholt und ein lee-rer wieder aufgestellt. Den Wagen, in dem diese stinkende Fracht befördert wurde und der im Laufe der Zeit auch sehr braun bekleckert aussah, nannten wir Kinder den Schokoladenwagen. Die Schokoladenmänner trugen einen sehr dicken Lederanzug, der wie eine Rüstung aussah, und auf der Schulter hatten sie noch einen breiten Kragen liegen, auf dem sie die Kloeimer absetzten. Diese primitiven Hygieneverhältnisse hat es in Meldorf mindestens zwölf Jahre nach dem Krieg gegeben. Mein Vater hat für uns 1948 eine Spültoilette und ein Badezimmer gebaut und hat auch die sehr kleine Küche vergrößert.

Eine Waschküche hat es, solange ich denken kann, „op'n Böhn" gegeben, sie war ein Teil des Bodens im ersten Stockwerk, auf dem sonst das Ersatzteillager für die Schmiedewerkstatt untergebracht war, darüber gab es noch den „böbersten Böhn". Wenn Waschtag war, ich glaube, alle vierzehn Tage, kam Frau Thede, die Waschfrau. Eine elektrische Waschmaschine gab es noch nicht, dafür aber einen großen kupfernen Waschkessel, der auf dem Steinfußboden der Waschküche mit Schamottsteinen aufgemauert war, und unter dem es ein Feuerloch gab. In den Waschkessel wurde das „schittig blau Tüch" meines Vaters gesteckt, Wasser und Waschpulver darauf und dann tüchtig eingeheizt mit Holz und Brikett, damit die Waschlauge zum Kochen kam. Der nächste Kessel enthielt dann eine Ladung Unterwäsche und Bettzeug. Das war der erste Arbeitsgang. Vom Heißmachen allein wird die Wäsche aber nicht sauber, sie musste im zweiten Arbeitsgang noch Stück für Stück auf einem Waschbrett, einem Holzgestell mit geriffeltem Blecheinsatz, gerubbelt werden, damit der Schmutz wirklich herausgewaschen war. Zum Abtrocknen der Wäsche, das ist der dritte Arbeitsgang- die elektrische Maschine macht das mit einem Schleudergang – gab es eine Wringmaschine, das sind zwei dicht beieinander liegende Walzen, zwischen denen die nasse Wäsche zum Auswringen durchgedreht wird. Danach wird mehrfach gespült in klarem Wasser und das Auswringen entsprechend oft wiederholt. Alle Arbeiten wurden also mit der Hand ausgeführt, und es dauerte einen langen Vormittag – der Waschtag begann um sechs Uhr morgens – bis die fertige Wäsche auf einer Leine im Hof zum Trocknen aufgehängt werden konnte. Natürlich wurde die Wäsche nur bei gutem Wetter trocken, es war also auch ein bisschen Glücksache, ob der Waschtag erfolgreich war, anstrengend war diese Arbeit aber immer.

Im Winter ist es oft vorgekommen, dass die Wäsche bei Kälte und Frost draußen gehangen hat und steifgefroren ist. Die Handtücher hingen dann wie Bretter da und die Tischtücher und Bettlaken wie Stücke einer Wand. Wenn Wind aufkam, knisterten und klirrten sie sogar ein bisschen. Unsere Hemden und Hosen fühlten sich an, wie aus Holz geschnitzt, geschadet hat es der Wäsche aber nicht, in der warmen Küche war sie auch schnell wieder trocken. Zum Bügeln der Wäsche hatte meine Mutter zwar ein elektrisches Plätteisen, aber auch die Setzeisen meiner Großmutter, schwere Eisenklötze, die auf der Herdplatte heißgemacht und mit einem einklinkbaren Griff aufgenommen wurden, waren noch in Gebrauch, wenn es Stromsperren gab. Abends war zu dieser Zeit auch noch eine Petroleumlampe zur Beleuchtung angezündet, bis mein Vater eine Leitung von der Schmiede in die Küche legte, aus der eine kleine Gasflamme den Raum in grelles Licht tauchte.

Unsere Küche war der Mittelpunkt der Wohnung, denn hier sorgte meine Mutter für die Verpflegung unserer Familie und der Lehrlinge und Gesellen aus der Schmiede. Der Raum war besonders im Winter sehr gemütlich, weil er den ganzen Tag geheizt und warm war, denn hier stand der große aufgemauerte Kohlenherd mit dem ständig brennenden Feuer. Ihr müsst ihn euch vorstellen als eine Art Schrankkommode aus Schamottsteinen so hoch wie auch der elektrische Kochherd heute, darin aber verschiedene Schiebladen und Hohlräume. Auf der linken Seite war das Feuerloch, in dem Holz, Briketts oder Steinkohlen brannten. Nach oben war es mit der Herdplatte verschlossen, die eine kreisförmige Öffnung über dem Feuer hatte. Man konnte sie je nach Größe des Kochtopfes mit ineinanderliegenden Ringen öffnen, damit das Feuer direkt an den Boden des Topfes züngeln konnte. Nach unten war das Feuerloch nur mit einem durchlässigen Rost versehen, so dass die Asche des verbrannten Brennmaterials gleich in den Aschenkasten darunter fallen konnte. Bevor morgens der Herd angeheizt wurde – „Feuer anmachen" war die erste Arbeit der Hausfrau – musste diese Asch-Schieblade herausgezogen und geleert werden. Neben dem Feuerloch hatte der Herd noch eine Herdplatte, die immer schön blank geputzt sein musste. Sie wurde auch so heiß, dass man darauf kochen konnte, vor allem lag aber darunter der Backofen, der also immer zu benutzen war, wenn im Herd Feuer brannte.

Die Küche mit dem Herd im Mittelpunkt war natürlich das Reich meiner Mutter und ihrer Hilfe, der Köksch. Aber an eine Geschichte erinnere ich mich, bei der auch mein Vater einmal am Herd gestanden hat. Vielleicht war meine Mutter krank, das weiß ich nicht mehr genau, jedenfalls wollte Papa ein Spiegelei braten. Er stand dabei in seinem „Fierobnd-Blautüch" vor der Pfanne und hatte dabei seine „blaue Mütz" aufbehalten, weil er wohl vorher in der Werkstatt gewesen war, denn er hatte selbst als Geschenk und Überraschung für meine Mutter ein schönes langes Pfannmesser fein ausgeschmiedet und an einen gedrehten Stiel geschweißt. Das wollte er nun an diesem ersten Spiegelei ausprobieren, und als es fertig gebraten war, setzte er das Messer mit Bedacht und so viel Kraft unter das Ei, dass es an der Schweißnaht abbrach – und das Spiegelei verschwunden war. „Wat nu?" Papa war im ersten Augenblick nur verwundert, dass sein Handwerksstück misslungen war, aber wo war das Ei geblieben? Ratlos guckten wir beiden uns um, auf der Herdplatte lag es nicht, auch nicht auf der Erde davor, bis ich bemerkte, dass von meines Vaters blauer Schirmmütze in seinen Nacken ein kleines Rinnsal aus dünnem Eigelb herunterlief. Und dann merkte mein Vater es auch, er hatte das Spiegelei mit dem Schwung des abbrechenden Messers so genau auf die Mitte seiner Mütze geschleudert, dass es dort wie ein Deckel saß, bis es ausgelaufen ist. Sicher hat mein Vater ein neues Ei gebraten, denn diese Verzierung der Arbeitsmütze war wohl nicht mehr gut zu genießen.

Ein beliebtes Mittagessen in dieser Zeit war der „Ohmkoter" (Ofenkater): eine Kastenbackform aus Blech - früher soll das die noch heiße Aschenschieblade gewesen sein - wurde mit Speckstreifen ausgelegt und ein Hefeteig hineingefüllt. Im vorgeheizten Ofen, der auch ohne großes Herdfeuer die Wärme lange hielt, konnte der Teig gut „aufgehen" und wurde dann langsam zu einem knusperigen braunen Speckkuchen ausgebacken.

Eine andere Mahlzeit, in der offenen Pfanne auf der Herdplatte angerichtet, war „Överrörsch", das sind Bratkartoffeln, in die zum Schluss eine Eimasse eingerührt und zum Stocken gebracht wird. Das Rezept stammt von meiner Oma Wierk, die es besonders gut zubereiten konnte.

Natürlich wurde nicht jeden Tag gebacken, aber im Winter lagen darin immer einige Ziegelsteine, die wir in Zeitungspapier eingewickelt als Wärmklotz abends mit ins Bett nahmen. An der Seite der Feuerstelle in der Ecke der Küchentür stand ein Kohlenkasten, in dem das nötige Brennmaterial aufbewahrt wurde. Darauf habe ich als Kind gern gehockt, denn hier konnte ich mich gut aufwärmen, wenn ich im Winter durchgefroren von draußen kam. In einem Jahr hatten wir eine Katze, und ein kleiner Hund, ein Terrier, war uns zugelaufen. Eigentlich sollen Hund und Katze sich nicht gut vertragen, diese beiden lagen aber einträchtig und dicht zusammen an der Seite des Backofens, da wo es schön warm war. Als

Heizmaterial wurde außer den auf Bezugschein zugeteilten Kohlen und Briketts auch noch Torf aus dem Meldorfer Moor verfeuert oder Rückstände aus der Ölgewinnung, die Ölkreide.

Nach Kriegsende, als der Mangel an Brennstoff besonders groß war, gab es für kräftige und geschickte Leute noch eine Möglichkeit, sich Brennholz zu verschaffen. In den Anlagen und auf der Hafenchaussee wurden von der Stadtverwaltung dicke Bäume gefällt und abtransportiert, die Stubben aber, das heißt Stumpf und Wurzeln des Baumes, blieben liegen und durften von der Bevölkerung ausgegraben werden. Damals ist mein Vater tagelang mit einigen Lehrlingen zum Stubbenroden in den Anlagen gewesen, das war schwere mühsame Arbeit. Das knorrige, fest in der Erde verwachsene Wurzelholz musste erst einmal freigelegt werden und wurde dann mühsam mit Eisenmeißeln und Vorschlaghämmern herausgeschlagen. Lohn dieser Anstrengung war dann das brauchbare Brennholz, das in unserem Herd oder Kachelofen verfeuert wurde.

Die Wärme in einer gut geheizten Wohnung war in den kalten Kriegswintern etwas Kostbares, und jeder Haushalt war aufgerufen, sorgfältig und sparsam mit dem Heizmaterial umzugehen. Zur Mahnung wurden an den öffentlichen Gebäuden Plakate ausgehängt, auf denen eine kleine finstere Gestalt, der „Kohlenklau", mit einem dicken Sack auf der Schulter durch die Straße schleicht. Auf uns Kinder wirkte dieser unheimliche kleine Dieb sehr stark, die Erwachsenen haben vielleicht darüber gelacht, sie achteten auch ohne dieses Plakat darauf, dass kein Brennmaterial vergeudet wurde. Ein anderes Plakat hieß „Lies und Lene", zwei unterschiedlich große Frauen tuschelten hinter vorgehaltener Hand, damit sollte vielleicht die Klatschsucht verurteilt werden, Menschen sollten in schweren Zeiten einander helfen und nicht über andere herziehen, aber auch Spione konnten vielleicht das eine oder andere Geheimnis aufschnappen.

Auf dem Kohlenherd also wurde jede Mahlzeit gekocht: vom Kaffee-Ersatz, Muckefuck genannt, und Malzkaffee von der Firma Kathreiner zum Frühstück, bis zu den Bratkartoffeln am Abend. Im Krieg und den ersten Jahren danach war es nicht leicht, so viele hungrige Mäuler satt zu machen, denn es gab nur die auf Lebensmittelkarten zugeteilten wichtigsten Nahrungsmittel.

Lebensmittelkarten wurden seit Beginn des Krieges 1939 an alle Personen eines Haushalts ausgegeben jeweils für einen Monat, und zwar unterschiedliche Mengen von Fett, Fleisch, Eiern und Brot an Kleinkinder, Kinder und Erwachsene. „Sonderzulagen" wurden für Schwer- und Schwerstarbeiter und für werdende und stillende Mütter zugeteilt. Die Karten für diese Gruppen waren auch unterschiedlich gefärbt. Nur mit diesen „Reichslebensmittelkarten" konnte man einkaufen. Dabei wurden von den Verkäuferinnen bei Kaufmann Groth die Abschnitte zum Beispiel von jeweils 25 Gramm Fett aus der Karte so herausgeschnitten, dass sie am Anfang des Monats noch wie von kleinen Quadraten durchlöchert aussah, am Ende aber nur noch aus einem Mittelstreifen bestand mit dem Namen der Person darauf. Am Anfang der Zuteilungsperiode mussten diese Lebensmittelkarten beim Wirtschaftsamt im Meldorfer Rathaus abgeholt werden, sie waren also lebenswichtig, und eine normale Bürgerfamilie konnte ohne sie kaum auskommen. Nur sogenannte Selbstversorger bekamen keine Lebensmittelkarten, das waren Bauern, die Getreide und Vieh in der Landwirtschaft heranzogen, dann aber kontrolliert verkaufen mussten bis auf den eigenen Bedarf.

Eine kleine Begebenheit habe ich in Erinnerung, die zu dieser Zeit bedeutungsvoll war. Auf dem Fußsteig vor unserem Haus hatte meine Mutter die gültige Lebensmittelkarte unserer Nachbarin Frau Dieckmann gefunden, die sie aber nicht selbst zurückgeben wollte, da meine Eltern mit dem Stellmachermeister Dieckmann wegen handwerklicher Streitigkeiten verkracht waren. Die Lebensmittelkarte aber sollten sie wiederhaben, also wurde ich hinübergeschickt und musste sie abgeben. Natürlich war Frau Dieckmann froh darüber und schenkte mir sehr freundlich zum Dank dafür einen Apfel.

Eine andere Erinnerung an den Umgang mit den Zuteilungen der Lebensmittelkarten: Familie Kamphausen bestand zu dieser Zeit aus den Eltern, der Gefangenen Russin Katja als Haushilfe und drei kleinen Mädchen, Reiner war noch ein Baby.

Als Erziehungsmaßnahme haben Kamphausens damals
an alle Personen ihrer Frühstücks-Tafelrunde die ihnen
zustehenden Rationen von Butter auf einmal verteilt, das
waren 125 Gramm in jeder Woche. Elke, die älteste unter
den Geschwistern, zog mit dem Messer sechs Striche in
das Stück Butter, so dass sie jeden Tag eine schmale

Scheibe für ihr Brötchen abnehmen konnte. Edda, die jüngste, hat es ihr wohl nachgemacht, aber Heinke konnte mit dieser Eigenverantwortung nicht gut umgehen, sie aß drei- oder viermal ein gut bestrichenes Brötchen und dann einige Tage Brot ohne Butter, nur mit Sirup, Marmelade oder Kunsthonig darauf und wurde auch davon satt.

Ebenso wie Butter war Zucker in ganz kleinen Mengen rationiert und nur auf Lebensmittelkarten zu haben. Da meine Mutter für einen Handwerkerhaushalt zu sorgen hatte, zu dem außer unserer Familie auch noch Lehrlinge, Gesellen und ein Dienstmädchen gehörten, musste sie ihre Vorräte sorgsam hüten, und der sicherste Ort dafür war der Geldschrank, der im Hausflur stand und mit einem komplizierten Schlüssel verschlossen wurde. Nun ist ein Geldschrank mit dicker schwerer Eisentür sicher nicht der übliche Aufbewahrungsplatz für Lebensmittel wie Speck, Butter, Zucker und Mehl, aber in der Kriegszeit habe ich das nie als ungewöhnlich empfunden. Kostbare Vorräte gehörten eben hinter Schloss und Riegel, damit sie nicht zum Mundraub für hungrige Diebe im Haus wurden.

Einmal hat es bei dieser Sicherheitsverwahrung eine Panne gegeben. Als meine Mutter und ich während des Krieges zu meinen Großeltern nach Lünen verreisten, hat meine Oma Wierk mit meinem Vater „eingehütet" und für die Lehrlinge aus der Werkstatt gekocht. Da muss aber für eine Woche „Schmalhans Küchenmeister" gewesen sein, denn nach unserer Abreise – so sagte mein Vater - sei der Geldschrankschlüssel nicht mehr aufzufinden gewesen. Telefonisch konnte meine Mutter nicht erreicht werden, Post hin und her hätte zu lange gedauert. Also musste Oma Wierk mit den unverschlossenen, also mageren Vorräten auskommen. Gemüse aus unserem Garten gab es natürlich, aber das konnte nun nicht „mit einem Klacks guter Butter" verfeinert werden, wie es bei meiner Mutter hieß. Bei unserer Rückkehr gab es abends nur noch Zwieback mit Milch. Dann hat sich der Schlüssel aber wieder angefunden.

Süßigkeiten zum Naschen, die heute in so großer Fülle da sind, gab es überhaupt nicht. So war es etwas Besonderes, wenn meine Mutter mir ein „Zuckerei" spendierte, eine beliebte Leckerei, zusammengerührt aus einem rohen Eigelb und einem Löffel Zucker, und sogar heißes Zuckerwasser galt schon als Näscherei.

Ganz wenige Artikel wurden in den Läden auch „markenfrei" abgegeben, einfache Gewürze wie Salz und Senf gehörten wohl dazu, vielleicht auch einheimisches Gemüse wie Kohl und Rüben. Ganz sicher gab es aber manchmal bei Schlachter Christen Grützwurst ohne Marken, dafür musste man aber lange in einer Schlange anstehen, und dann konnte es noch passieren, dass sie ausverkauft war gerade in dem Augenblick, wo man dran gewesen wäre. Während der Zeit der schlechtesten wirtschaftlichen Versorgung, als viele Menschen hungerten, ja sogar verhungerten, wurde zur Beruhigung und Beschwichtigung der Bevölkerung von der Regierung bis in die frühe Nachkriegszeit hinein ein Mindest-

Kalorienwert bekannt gegeben. Es hieß, er könne ein Überleben sichern. In der schlimmsten Hungerzeit nach dem Krieg sank auch diese Grenze weiter herunter. Wie viel anders ist das heute, wo Frauen Kalorien zählen, damit sie nicht zu dick werden! Damals haben zwei Schwestern aus unserer Nachbarschaft, Hedi und Annemi Wilke, gleich nach der Wiederaufnahme des Universitätsbetriebs in Hamburg ihr Studium begonnen, und eine der beiden ist buchstäblich verhungert.

Viele Menschen haben damals wegen der schlechten Ernährung Furunkel, sogenannte Hungerödeme auf der Haut gehabt. Mein Vater und andere Männer hatten sie im Nacken, ich selbst auf dem Unterschenkel eben unter dem Knie.

Es gab nicht nur Lebensmittelkarten, sondern auch Reichskleiderkarten. Auf diesen Bezugschein habe ich nach Kriegsende mein erstes Paar Holzsandalen bekommen, und vorgesehen war für meine Mutter, die am 3. April 1945 ein Kind bekommen hatte, auf der Kleiderkarte auch ein Abschnitt mit Babywäsche. Aber das, was sie gebraucht hätte, Jäckchen und Hemdchen, Windeln, Luren und Strampelhosen gab es nicht. Die bekamen wir zum Glück aus der Nachbarschaft geliehen. Alles, was meine Mutter vom Einkauf auf Marken mitbrachte, waren 3 m hellgrünes Vistra mit roten Punkten, ein Kunststoffgewebe, aus dem man immerhin Kissenbezüge für den Kinderwagen nähen konnte.

Noch eine Sorte von Bezugscheinen muss es gegeben haben, vielleicht für Handwerkszeug, jedenfalls erinnere ich mich, dass ich als kleines Mädchen meinem Vater, dem Schmiedemeister, eine Tüte voller Nägel zu Weihnachten geschenkt habe, die ich auf „Eisenschein" gekauft hatte, den mir ein Geselle aus der Werkstatt überlassen hatte.

Alles Lebensnotwendige wurde also nur über die verschiedensten „Berechtigungsscheine" verteilt, darum versuchte jeder Haushalt Handwerkliches selbst auszuführen und, wer einen eigenen Garten hatte, Obst und Gemüse anzubauen und zu ernten. Wir hatten unser Land an der Waschaue. Von den Erträgen haben wir im Sommer gelebt, und für den Winter wurde „eingemacht", das heißt, in Gläsern eingekocht oder auch in Dosen. Das war wieder umständlich, weil sie zum Verschließen zu einer Maschine bei Kaufmann Groth gebracht werden mussten.

Einige Lebensmittel hat meine Mutter, wie auch andere Haushalte damals, selbst hergestellt. Sehr arbeitsaufwendig war das Einkochen von Sirup aus Zuckerrüben, angefangen mit der rohen Frucht, die in Schnitzel geschnitten und ausgekocht wurde. Der so entstandene Saft wurde stundenlang weitergekocht, bis am Ende eine kleine Menge von dickem braunem süßem Sirup übrig blieb. Das war ein beliebter Brotaufstrich, oder er wurde zu dem Dithmarscher Gericht „Klüten mit Speck und Sirup" gegessen.

Auch Kartoffelmehl stellte meine Mutter selbst her. Dazu wurden die Kartoffeln geschält und auf einer Reibe zu Brei gerieben – alles mit der Hand! -, der in große flache Gefäße gefüllt wurde. Aus dem Kartoffelsaft sonderte sich dann das Mehl ab und setzte sich auf dem Boden fest, die abgetropften Kartoffelschnitzel wurden noch weiterverarbeitet zu Pfannkuchen.

Für ein wichtiges Nahrungsmittel hatte mein Vater eigens eine Maschine konstruiert: für Öl, gewonnen aus Raps, der bei uns in Dithmarschen angebaut wurde. Nun war dabei allerdings eine Schwierigkeit, es war nämlich den Bauern verboten, Raps privat zu verkaufen, sie mussten offiziell die ganze Ernte abliefern, solange es noch die „Bewirtschaftung" der Nahrungsmittel gab, die Zuteilung über die Lebensmittelkarten. Also durfte es auch nicht öffentlich bekannt werden, dass Schmitt Wierk eine Maschine zur Gewinnung von Rapsöl gebaut hatte. Sie arbeitete ganz im Verborgenen „op'n böbersten Böhn" und lief den ganzen Tag, denn viele Freunde wussten insgeheim doch davon und brachten ihren Raps, den sie ergattert hatten, zum Auspressen.

Für meine Freundin Elke und mich war es lustig, auf den Boden zu steigen und der heimlichen Maschine zuzugucken. Die Rapskörner wurden in einen großen Trichter gefüllt und zermahlen. Hinten lief dann ein dünner Ölstrahl heraus und vorne die Rückstände in Form von kleinen Würsten. Die waren auch noch fettig und gaben einen guten Brennstoff ab, der in unserem Kachelofen verfeuert wurde. In dem gewonnenen Öl konnte man herrlich Kuchen backen. Die gusseiserne Form dazu, die in einen flüssigen Teig getaucht und dann ins heiße Fett gesenkt wurde, hat meine Mutter in der ganzen Nachbarschaft verliehen.

Auch aus Bucheckern ließ sich Öl gewinnen. Ich weiß von einer kinderreichen Familie, die mit mehreren Personen den Boden unter den Buchen in den Anlagen systematisch nach den ölhaltigen Samen absammelte und einen Beutel voll mit nach Hause nahm. Das war erlaubt wie das Ährenlesen, wo dann allerdings das Öl herausgepresst wurde, weiß ich nicht.

Die tägliche Milchzuteilung kauften wir bei Milchmann Krönke, der morgens mit seinem Pferdegespann durch die Straßen fuhr. Er hatte die Milch von der Meierei geholt, wo alle Bauern sehr früh morgens nach dem Melken ihrer Kühe die Milch abliefern mussten. Das übernahm für mehrere Dörfer ein Milchwagenfahrer. Wilhelm Wieben hieß der aus Eppenwöhrden, den ich kannte. Von ihm wurden die hohen Eisenmilchkannen von den einzelnen Bauernhöfen zusammengesammelt und zur Meierei nach Meldorf gefahren. Und das jahrelang bei jedem Wetter dieselbe Strecke und Tag für Tag, denn Kühe müssen täglich gemolken werden, für den Milchbauern gibt es keinen Sonntag. Irgend jemand hatte ausgerechnet, dass Wilhelm Wieben eines Tages eine Strecke so lang wie einmal um die Erde gefahren ist. Da hat man seine beiden Pferde bekränzt und ihm von der Meierei ein Jubiläumsgeschenk gemacht.

Vom Milchwagenfahrer übernahm dann Milchmann Krönke die Zuteilung für einige Straßen. Er hielt vor unserem Haus, gab mit einer großen Handglocke, die an seinem Kutschblock hing, ein Klingelzeichen, und dann kamen die Hausfrauen aus den Nachbarhäusern und ließen sich ihre Milchration zuteilen. Sie wurde mit verschieden großen blechernen Messbechern aus dem Milchfass abgezapft, das verborgen im Milchwagen stand. Zu sehen war davon nur der hohe schön weiß angestrichene Kasten wie eine Hütte über dem Fass, aus dem am unteren Rand drei verschiedene Zapfhähne herausguckten, mit denen abgefüllt wurde: Vollmilch, „blaue" Milch und manchmal auch Buttermilch. Auch Butter konnten wir am Milchwagen kaufen, aber keinen Quark, den gab es damals in den Geschäften noch gar nicht zu kaufen. Meine Mutter hat ihn selbst gemacht aus sauer gewordener Milch, die tagelang stehen blieb, bis sie zu Dickmilch geworden war und man sie in ein Tuch füllen konnte zum Abtropfen.

Wichtig für unsere Ernährung waren auch die Fische, die von den Meldorfer Fischern mit ihren Kuttern in der Dithmarscher Bucht gefangen wurden. Ich erinnere mich an Schollen, auf Plattdeutsch Bütt genannt, selten einmal Seezungen und Aale und an Krabben. Dabei hatte mein Vater ein besonderes Abkommen mit dem Fischer Jonny Boy, für den er Reparaturen an seinem Boot ausführte. Da Jonny meistens knapp bei Kasse war und kein Bargeld zum Bezahlen seiner Rechnungen hatte, beglich er seine Schulden mit Naturalien, eben mit Fisch.

Auf diese Weise hatten wir während der Fangzeit immer reichlich Bütt, die gebraten wurden, und besonders Krabben, die gepult werden mussten. Das gehörte dann mit zur täglichen Hausarbeit im Sommer, und ich habe auch als kleines Kind schon ganz schnell Krabben pulen können. Wenn es viel davon gab, hat meine Mutter sie auch weiterverarbeitet, zu Salat natürlich und auch zu Frikadellen. Krabben, die wir zum Abendbrot aßen, kamen ungepult auf den Tisch. Jeder hatte ein kleines Häufchen auf Papier neben seinem Teller und steckte die gepulte Krabbe dann gleich in den Mund.

Eier bekamen wir auf Lebensmittelmarken und dank guter Beziehungen auch „schwarz" vom Bauern, wenn die Hühner gut legten. Ein größerer Vorrat wurde auf besondere Weise angelegt: In eine Steinkruke wurde Gelatinemasse, das Wasserglas, gefüllt, und da hinein kamen die frischen Eier, damit sie sich länger hielten. Manchmal musste ich für meine Mutter ein Ei aus dem Keller holen, und es kostete mich immer eine Überwindung, in die glitschige Masse zu fassen.

Gleich nach dem Krieg, als es wieder erlaubt war, haben meine Eltern für den großen Haushalt mit den Lehrlingen und Gesellen aus der Schmiede auch selbst ein Schwein geschlachtet und zu Wurst, Schinken und Speck verarbeitet. Ich habe nicht so gute Erinnerungen daran, denn das „Schlachtefest" begann ja damit, dass das Schwein getötet werden musste. Dazu war ein Hausschlachter gekommen, der das in dem kleinen Hof hinter der Küche erledigte. Vor dem Quieken des armen Schweins hatte ich Angst und habe mich in meinem Zimmer verkrochen, wo man es nicht so laut hörte. Ich habe mir auch lieber nicht angesehen, wie es nach dem

Schlachten aufgeschlitzt, ausgenommen und in zwei Hälften an einer Leiter aufgehängt war. Erst als es vom Schlachter in Stücke zerschnitten und als Tier nicht mehr zu erkennen war, bin ich wieder aufgetaucht und habe zugeguckt, wie die Fleischberge verarbeitet wurden.

Die beiden großen Hinterschinken und die Bauchspeckseiten wurden gleich zum Räuchern vom Hausschlachter mitgenommen. Ganz früher soll es in unserem Haus sogar eine Räucherkammer gegeben haben. Den vom Rauch geschwärzten Raum dafür konnte man auch noch erkennen unter der Treppe zum böbersten Böhn, zu meiner Zeit war er nicht mehr in Gebrauch. Ein Teil des Fleisches wurde „eingepökelt", das heißt, mit sehr viel Salz haltbar gemacht, so die Pfoten des Schweins, die dann später als Eisbein zu Sauerkraut gegessen wurden. Einiges wurde auch in Weckgläsern eingekocht, wie etwa die frische Leberwurst, anderes in Essig-Gelee eingelegt, wie die „sauren Rippchen". Es gab viele Arten, das Fleisch haltbar zu machen, zu konservieren, nur die Tiefkühltruhe hatten wir noch nicht.

Eine besondere Kunst war die Herstellung von Mettwurst. Die Masse, die vorher durch den Fleischwolf, eine Zerkleinerungsmaschine, gedreht worden war, musste sehr gut mit verschiedenen Gewürzen vermischt sein, damit sie nach dem Räuchern den richtigen Geschmack hatte. Meine Mutter konnte das sehr gut. Zum Abfüllen der Mettwurstmasse wurden als „Pelle" schon Kunstdärme verwendet. Anders war das bei der geräucherten Leberwurst, sie wurde in die sauber gewaschenen Därme des Schweins eingefüllt und dann in den Rauch gehängt. Auch der gesäuberte Magen des Schweins wurde wie ein Sack gefüllt mit Sülze, die manchmal aus den Ohren und dem Rüssel hergestellt wurde zusammen mit magerem Fleisch, Presssack hieß das dann.

Ein besonderes Gericht, das beim Hausschlachten hergestellt wurde, war das „Schwarzsauer". Wenn ich mir vorstellte, wie es entstanden war, mochte ich es eigentlich nicht mehr essen, denn dazu wurde während des Schlachtens das Blut beim Töten des Schweins aufgefangen und bis zum Erkalten gerührt, damit es nicht gerann – dazu war extra eine Person angestellt – und in diesem noch warmen Blut wurden Fleisch, Speck und Schwarte von den Ohren oder von den Pfoten aufgekocht und mit besonderen Gewürzen und Essig abgeschmeckt. Diese dunkelbraune Masse wurde mit Kartoffeln als Hauptmahlzeit gegessen, und ich muss zugeben, dass ich dieses „Schwarzsauer", Swattsuer, doch ganz gern mochte.

Und noch ein Gericht wurde nur beim Schlachtfest zubereitet, das war der „sweetige Mehlbütel". Dithmarscher Mehlbeutel ist ein dicker Teigkloß aus Mehl, Eiern und – wenn es die gerade gab – Rosinen, der in ein sauberes Handtuch gefüllt in einem großen Topf voll Wasser gargekocht wird. Nach dem Kochen wird das Handtuch, das oben mit einem Band zugebunden war, abgezogen wie eine Pelle, und der noch dampfende dicke Mehlbeutel kann auf den Tisch. Aufgeschnitten wurde der Teigkloß in Teile wie Apfelsinenstücke und mit Fruchtsoße gegessen. Das schmeckte schon sehr gut. Nach dem

Schlachten gab es nun eine Abänderung des Rezepts, die sich erst einmal schrecklich anhört. Der Teig wurde nämlich mit dem frischen Schweineblut angerührt und gekocht. So sah er fast aus wie ein Schokoladenkuchen, und er schmeckte tatsächlich auch recht gut, wenn ich geschafft hatte zu vergessen, dass er mit Blut zubereitet war.

Das erste frische Fleisch wurde schon am Schlachtetag abends gegessen. Bei uns war das Bratwurst im Schweinedarm. Ich erinnere mich, dass einmal Onkel August Rehling, ein Freund meiner Eltern, dazu eingeladen wurde. Er war sehr dick, und die besondere Einladung zum Essen hieß „Bratwurst einmal um den Bauch". Ich weiß nicht, ob die Länge der Wurst wirklich gemessen worden ist, aber einen üppigen Schmaus hat es bestimmt gegeben.

Wenn nach einigen Wochen Schinken, Speck und Würste aus der Räucherkammer zurückkamen und im Garten die kleinen festen Birnen reif waren, gab es wieder eine besondere Schlachtemahlzeit: „Birnen und Bohnen und Speck". Dabei werden die süßen Birnen mit Schale und Stängel neben dem salzigen Speck auf den Bohnen mitgekocht. Das schmeckt sehr gut.

Das bei uns geschlachtete Schwein haben wir nicht selbst gefüttert, bis es schlachtreif war, dazu fehlte uns der Stall. Meine Großeltern in Lünen aber haben ihr Vieh selbst aufgezogen. Sie fütterten ein Schwein, das seine ganze Lebenszeit in einem Stall zubrachte und dessen einziger Lebensinhalt es war, fett zu werden. Als ich einmal bei Oma und Opa Lünen zu Gast war, wollte ich beim Abwaschen helfen und fragte nach Spülmittel. Das werde nicht benutzt, erfuhr ich, damit das fettige Abwaschwasser zum Anrühren des Schweinefutters verwendet werden könne. So sparsam waren die Menschen damals!

Ein anderes Hausvieh war Lotte, das Milchschaf, das tagsüber am grasbewachsenen Bahndamm angepflockt wurde und nachts mit im Schweinestall stand. Suppe aus Schafsmilch schmeckte mir sehr gut.

Natürlich hatten Oma und Opa auch Hühner und einen Hühnerhof in ihrem Garten. Sie waren mit eigenem Obst und Gemüse, mit Milch und Eiern und sogar Speck und Schinken recht gut versorgt und haben wenigstens materiell nicht so sehr unter den Kriegsverhältnissen leiden müssen.

MUTTERSPRACHE

Als meine Mutter 1935 aus Westfalen nach Dithmarschen kam und meinen Vater heiratete, brachte sie die hochdeutsche Sprache mit in die Ehe. So bin ich als kleines Kind zunächst mit Hochdeutsch als Muttersprache aufgewachsen, während mein Vater im Gespräch mit seiner Familie, Mutter, Schwester und den Brüdern, bei der Arbeit und im Umgang mit seinen Kunden, den Bauern, plattdeutsch sprach und dachte. Im Anfang hat er sicher oft sein Platt für meine Mutter übersetzt, aber die kannte das westfälische von ihrem Vater und war so sprachbegabt, dass sie im Laufe der Jahre auch auf Dithmarscher Platt mitreden konnte im Gespräch mit der Bauernkundschaft und in der Schmiede.

So bin ich eigentlich von Anfang an „zweisprachig" aufgewachsen, wenn ich auch als Kind selbst das Plattdeutsche nicht als Umgangssprache benutzt habe, aber verstanden habe ich alles, und manchmal ist mir nicht einmal bewusst gewesen, zu welcher Sprache mein Wortschatz eigentlich gehörte.

Als ich am 14. August 1936 in der Erntezeit zur Welt kam, sei mein Vater nicht im Haus gewesen. Bei Beginn der Geburt wurde er zu einer Reparatur aufs Feld gerufen, und ihm musste die Nachricht von der Ankunft seiner Tochter von einem Bauern aufs Getreidefeld gebracht werden, wo er eine Maschine für die Weizenernte zu reparieren hatte. Dabei soll der Satz gefallen sein: „Brukst ni so gau moken, is man doch blot 'ne Deern!" Das hört sich an, als sei ich nicht mit Freuden begrüßt worden, aber es war nicht so. Zwar war damals in Handwerker – und Bauernkreisen die Meinung vertreten, dass ein Junge als „Stammhalter" mehr gelte, aber meine Eltern waren immer sehr liebevoll zu mir und haben sicher nicht so gedacht. Mein Vater kam jeden Abend an mein Bett, um mir Gute Nacht zu sagen, sehr zärtlich schloss er auf Platt: „Denn lur man schöin!"

Und wenn er sich auch bemühte, mit seiner kleinen Tochter Hochdeutsch zu reden, so gehörten viele kurze Wendungen zu seiner Sprache, die er nicht übersetzte, wie

kiekens – guck mal
teuf mol – warte mal
süs woll – siehste
o hauauha – oh ...

Im Haushalt gab es Bezeichnungen, die ich nur auf Platt kannte, sie wurden auch im hochdeutschen Gespräch nicht übersetzt. So „op'n böbersten Böhn" = auf dem höchsten Hausboden unter dem Dach.

Lebensmittel hatten besondere Bezeichnungen. Mein Vater aß am liebsten „Schierrorch", reines Roggenbrot. Zu Besuch bei Oma Wierk „auf'm Donn", in Sankt Michaelisdonn, gab es „witten un geelen sponschen Wind", weißen und gelben spanischen Wind, das sind Baisers und gelbe Zuckerplätzchen aus Eiweiß oder Eigelb. Aus der Kindheit meines Vaters in der Zeit des 1. Weltkrieges war für die Weihnachtszeit das Rezept für „Pepernöt",

Pfeffernüsse, überliefert und für „witte und brune Schmoltnöt".

Manche Redewendungen meines Vaters konnten auch in einer hochdeutschen Unterhaltung vorkommen, ohne dass sie übersetzt wurden, denn in Dithmarschen verstand jeder sie. Mir sind in Erinnerung:

> Dor lur man op, da kannst du lange warten
> Hol de Ohrn stief, etwa: lass dich nicht unterkriegen
> Ik hev mi banni freut (oder: verfehrt), ich habe mich sehr gefreut oder erschrocken
> Dat hev ik min Leevdag noch ni sehn, das hab ich noch nie im Leben gesehn
> Wenn't Nöidigen denn ganz keen End het, das sagte mein Vater ironisch, wenn er sich etwas nahm, wozu er nicht aufgefordert war.
> Ik lech di mol wedder een Steein in'n Wech – ich lege dir mal wieder einen Stein in den Weg, was natürlich witzig und nicht wörtlich gemeint war.
> Dor is een Bedräiger in – da ist ein Betrüger drin: wenn ein Glas auf dem Boden nicht ganz eben war.
> Rietstecken sind Streichhölzer (Reißstöckchen)
> de Klock het halwi acht (halb acht)

Dass man einen „Tollstock" als Metermaß benutzt, war mir früh geläufig, dass er aber eigentlich „Zollstock" heißt nach dem alten Längenmaß, ist mir erst sehr spät aufgegangen.

Von hochnäsigen, dummstolzen Menschen hieß es: he oder se is een Tierbock. diesen Ausdruck benutzten wir Kinder auch in unserer hochdeutschen Umgangssprache ohne zu wissen, dass es ein plattdeutsches Wort ist für „sich zieren", sie tiert sich.

Eine Frau, die unverheiratet alt geworden ist, wurde als „Wohrappel" bezeichnet, das ist ein Apfel, der lange gelagert wurde.

Einer, der sich dumm anstellt, war bei meinem Vater ein „Düdder", und mich nannte er dann etwas schmeichelhafter „Broutbütel". Een „Tünbütel" war einer, der nicht die Wahrheit sagt oder sich etwas ausdenkt, „een lütjen Schietbütel" (wörtlich Sch...beutel) bezeichnet liebevoll ein kleines Kind, „een Tüterbütel" war einer, der sich vertütert hat und sehr umständlich und ungenau oder unrichtig erzählt. Wenn einer ungeschickt arbeitete, konnte es passieren, „dat he sik op de Füß haut" (auf die Hände, d.h. die Fäuste), aber „he har grote Foit" (Füße). Mit dem Ausdruck „Hein Dattel mit de Fiegenfoit" konnte ein Tollpatsch ganz schnell lächerlich gemacht werden.

Eigentlich waren damit die Männchen aus Trockenobst gemeint, die es auf dem Weihnachtsmarkt gab. Von einem reichen Bauern hieß es „he het Klei an de Hack". Klei ist der beste Boden, der Marschboden. Eine Brotscheibe, die mit einem größeren Stück Wurst oder Käse belegt war, wurde ein „schlodderiges Bodderbrot" genannt. An einer leckeren Mahlzeit, „dor kunn ik mi scheddeli an eeten".

Über die Arbeit in der Schmiede sprach man natürlich nur auf Platt. Beim „Peer beschlogen" musste der Bauer selbst „dat Peer opholn". Beim „Plochmessen-Scharpen"

(Pflugschare schärfen) flogen feurige Funken vom Schleifstein.

Als nach dem Krieg neue Landmaschinen konstruiert wurden, gab es außer dem alten „Döschkasten" (Dreschmaschine) den „Meihdöscher". Lange Zeit habe ich keine Übersetzung dafür gehört, aber der Begriff klang wie ein Zauberwort, wenn mein Vater sagte: „Ik hev een Meihdöscher verkofft". Das war das lohnendste Geschäft, das er machen konnte.

Natürlich wurde auch über das Wetter nur platt gesprochen. Wenn es einen schweren Guss Regen gab, sagte mein Vater: „Dat schütt as ut Ammeln". Für den in Dithmarschen ständig wehenden Wind hatte er nur ab Windstärke zehn eine Formel: „Dat weiht".

Wenn meine Tante Nanny zu Besuch bei uns war, die etwas ältere Schwester meines Vaters, wurde die Unterhaltung mit meiner Mutter ganz selbstverständlich zweisprachig geführt. Tante Nanny war eine intelligente und sehr geschickte Frau „Se het in de Schol jümmer as Böberste seten"(sie saß nach der Rangordnung der Schulleistungen immer auf dem ersten Platz), und mit ihren eigenen Worten war sie eine „de kunn ut Kohschiet Botter moken". Wenn es sein musste, konnte sie fehlerfreies Hochdeutsch reden, aber in der Familie tat sie das nicht, und meine Mutter antwortete genauso selbstverständlich auf Hochdeutsch.

Tante Nanny hatte mit ihrem Ehemann Willy Ostrowski bis zum Kriegsende in Mecklenburg gelebt und war dann als Flüchtling in ihr Elternhaus nach St. Michel

Michel zurückgekehrt. Das Land, das sie verlassen musste, wurde in den Gesprächen der Familie nur „Meckeln-
börg" genannt, die richtige Bezeichnung ist mir erst sehr
viel später bewusst geworden. Tante Nanny hat ihren
Mann gleich nach dem Krieg verloren. Sie ist als Witwe
oft in unserem Haus zu Gast gewesen und hat auch im
Haushalt mitgeholfen.

An eine Unterhaltung zwischen ihr und meinem Vater
erinnere ich mich. Es ging um die Lagerung der im Garten geernteten Äpfel, die im Keller auf einem Holzbord
aufbewahrt werden. Es sei ratsam, regelmäßig das La-
gerobst zu überprüfen und angefaulte Äpfel gleich he-
rauszunehmen, riet Tante Nanny. Gegen diesen sinnvol-
len Vorschlag hatte mein Vater aber einen Einwand:
„Wenn du dat deist, muss du dat ganze Johr verrött'te
Appeln äten!" So ist es ihm wohl tatsächlich ergangen,
bis er sich zuerst das unverdorbene Obst gegönnt hat.

Für Dithmarscher Kinder, die in der Familie nur mit
dem Plattdeutschen aufgewachsen sind, hat es manchmal
Schwierigkeiten gegeben, wenn sie in die Schule kamen,
wo im Unterricht nur Hochdeutsch gesprochen wurde.
Auf Platt konnte man sich nur auf dem Schulweg und in
den Pausen unterhalten.

Die Bäuerin Greta Schuldt hat von ihrem gerade einge-
schulten Sohn Hermann selbst eine Geschichte erzählt,
die sich etwa so abgespielt haben muss:

Mamma, ik mut Scholarbeiten moken!
    Ja, min Hemmann, wat hest du denn opkregen?
Ik schall molen!

Wat schast du denn molen?
Dat Paradies!
Denn set di man dol un mol dat Paradies, un
wenn du ferdig büst, denn kannst mi dat wiesen!

Nach einiger Zeit ist dann Hermann mit dem fertigen Bild gekommen, und da seine Mamma nicht recht erkennen konnte, was es darstellte, ließ sie es sich erklären:

Süß' woll, Mamma, disse Goarn mit de Boim un
Blöim, dat is dat Paradies.
Dat seech ik jo, over wokeen sitt denn dor ünner
den Boum?
Dat is doch Adam!
Dat mach wol ween, over wat schal dat Swin
ünner den annern Boum?
Dat is de Ewer, un wenn de den Appel ni freten
har', denn güng uns dat vandoog veel beter!

Da hatte doch der kleine Hermann im Stall auf dem elterlichen Bauernhof alle Tiere auf Platt kennen gelernt und konnte eine Sau von einem Eber (Ewer) unterscheiden. Als nun in der Schule bei der Erzählung der Paradiesesgeschichte „Eva" auftauchte, klang das ganz vertraut für ihn als Bezeichnung für ein männliches Schwein, den Mädchennamen hatte er vorher noch nie gehört.

Hermann, der übrigens später ein hochstudierter Atomwissenschaftler geworden ist, hat nur allmählich ins Hochdeutsche hinübergefunden. Bei uns erzählte er einmal: „Övergüstern haben wir gedöschet!"

Als Beispiel dafür, wie es klingt, wenn ein plattdeutscher „Eingeborener" sich bemüht Hochdeutsch zu

sprechen, zitierte mein Vater gern Sätze, die ein Dorf-
nachbar in St. Michel gesagt hatte:

„Lass die Katt sich man tiern, die kann nich wech,
da is ein Weierdrath für"
Auf Platt: Wirdrot

Und als Vorwurf: „Herr (Gemeinde-) Direktor, der Wech
is nich geeiert und nich geschlöpert", nicht geeggt und
nicht eingeebnet.

Über eine kleine Geschichte haben meine Eltern sich
amüsiert und sie mit Schmunzeln weitererzählt: Otto
und Emma Huesmann, Bauernehepaar auf einem schönen Hof im Christianskoog gleich hinter dem Deich, hatten Besuch von einem Kaufmann mit dem typisch Ham-
burger Namen „Appelboom". Bei der Begrüßung wollte
Emma, eine sehr adrette Person, die immer fürs Feine,
Vornehme war, ihn nicht mit ihrer Plattdeutschen Umgangssprache anreden und sagte etwas geziert: „Guten
Tag, Herr Apfelbaum!" denn sie hatte gemeint, der Name
sei, als von ihm plattdeutsch die Rede gewesen war, mit
übersetzt worden. Zum Glück wurde es nicht peinlich
für Emma, und alle zusammen haben darüber gelacht.

SPIELSACHEN

Meine Freundin war von Anfang an und ist bis heute Elke Kamphausen.

Elke und Elke

Wir waren fast Nachbarskinder, ich wohnte Hafenchaussee Nummer 1, Elke Nummer 9, und wir haben zusammen bei Kamphausens im Garten in der Sandkiste gespielt und auf den Maschinen bei uns vor der Werkstatt. Im August 1942 sind wir zusammen in die Schule gekommen. Elke hatte, als wir uns kennen lernten, noch zwei kleinere Schwestern und bekam noch einen Bruder zwei Jahre, bevor mein Bruder geboren wurde. Die

Kamphausens waren also eine kinderreiche Familie, und sie hatten auch in der Kriegszeit, als es kaum Spielzeug zu kaufen gab, gute „Beziehungen", und so gab es in ihrem Kinderzimmer Spielsachen, die ich nicht hatte. Da gab es den Schaukelschwan, das war so etwas wie ein Schaukelpferd, nur eben in Gestalt eines Schwans, in den man hineinsteigen konnte. Zwischen seinen aufgestellten Flügeln war eine Sitzbank für zwei Kinder angebracht, wir sind aber manchmal alle auf einmal hineingestiegen, eine musste dann eben auf dem Schwanenhals reiten. Dann sind wir über den glatten Steinfußboden in Kamphausens Flur geschaukelt und sind dabei auch tatsächlich vorwärts gekommen.

Auch ein Auto hatte Elke, in dem nur ein Kind sitzen konnte. Es hatte natürlich keinen Motor, aber fuhr davon, wenn man in die zwei Pedale unter der „Kühlerhaube" trat, es fuhr also nur so schnell, wie man es selbst mit den Füßen bewegte.

Mittelpunkt in Kamphausens Kinderzimmer war ein prächtiges altes Puppenhaus, das schon von der Großmutter stammte. Die drei Stuben darin, Wohnzimmer, Schlafzimmer und Küche, waren unter den drei Schwestern Elke, Heinke und Edda aufgeteilt. Ich durfte bei Elke mitspielen, und sie bewohnte den schönsten Raum, die Küche, in der es einen Kochherd in der Mitte gab und rundherum an den Puppenstubenwänden kleine Schränke und Tische, vollgestellt mit winzigem Geschirr, Töpfen und Körben.

Elkes erstes Auto

Eingekauft wurde für diese Puppenküche in einem Kaufmannsladen, der gebaut war wie ein kleines Haus, in das die Verkäuferin hineingehen konnte und hinter dem Ladentisch die Dinge verkaufte, die hinter ihr in den Regalen aufgestellt waren. Viele kleine Schachteln gab es da von den bekannten Marken, die auch in einem richtigen Laden verkauft wurden, Päckchen für Dr. Oetker Puddingpulver, Keksschachteln von der Firma Bahlsen, Tütensuppen von Maggi, Waschpulver Persil, Scheuersand Imi und Ata. Alle Schachteln waren natürlich leer, leider auch die süßen kleinen Bonbongläser. Richtige Bonbons gab es nämlich auch in der Kriegszeit nicht, auch wenn wir bei Kaufmann Groth immer wieder nachfragten: „Haben Sie Bonbons wieder reingekriegt?" Salmiakpastillen konnten wir manchmal noch kaufen, „für'n

Groschen Salmis" in einer spitzen Papiertüte. In unserem Puppenkaufmannsladen haben wir meistens so gespielt, als ob wir richtige Lebensmittel eingekauft hätten und haben dann in leeren Töpfen und Schüsseln gerührt, das machte auch Spaß.

Ich habe bis jetzt nur von Elkes Kinderzimmer erzählt, in dem wir sehr oft gespielt haben. Natürlich hatte ich auch schöne Spielsachen, aber die waren nicht gekauft oder geerbt wie bei Kamphausens, sondern extra für mich von einem Handwerker angefertigt, und sie waren so groß, dass ich selbst mit meinen Puppen darin wohnen und spielen konnte. Als erstes Puppenmöbelstück bekam ich eine Wiege, dann einen Kleiderschrank für Puppenkleider und eine kleine Frisierkommode sogar mit Spiegel. Dann kam ein richtiger kleiner Küchenschrank dazu mit vier Türen und zwei Schiebladen und schließlich ein Puppenherd, den mein Vater selbst einem alten Modell nachgebaut hat. Er war ganz aus Blech und genau so aufgeteilt wie unser großer Küchenherd. Anstelle des Feuerlochs hatte mein Puppenherd in einer Schieblade einen Petroleumtank mit Docht für die Flamme, und die schaffte es tatsächlich, die Milch im Kochtopf darüber zum Kochen zu bringen. Unter dem Backofen war noch eine Petroleumheizung extra vorgesehen, so dass wir auch wirklich einen Kuchen darin backen konnten. Später hat mein Vater mir auch eine extra kleine Kastenkuchenform und eine Kuchenplatte aus Blech angefertigt, die ich mit in den großen Backofen meiner Mutter stellen konnte. Für meine Freundinnen hat mein Vater diese Formen noch einige Male nachgearbeitet. Das waren beliebte Geburtstagsgeschenke.

Topflecken mit Ruth

In dieser Puppenwohnung, die in meinem Kinderzimmer aufgestellt war, spielten Elke und ich sehr gern das Spiel „Tante und Tante", wir hatten jede zwei Kinder, Elke die Puppen Käthe (Kruse) und Uwe und ich die Puppen Wiebke und Helga. Sie wurden auch ausgefahren in Elkes Puppenwagen oder in meiner Puppenkarre, die auch eine Handarbeit von Tischler Christiansen war. Von meiner Puppe Helga habe ich mich eines Tages schweren Herzens getrennt, als die „Deutsche Winterhilfe" aufrief zu einer Spende für deutsche Flüchtlingskinder und Ausgebombte, die ihre eigenen Spielsachen durch den Krieg verloren hatten. Ich habe Helga schön warm für den Winter angezogen, sie in einen Karton gesetzt und ihr auch noch einen kleinen Ball mitgegeben, und dann habe ich ihr gewünscht, dass sie wieder eine liebe Puppenmutti finden möchte. Zu wem sie dann gekommen ist, habe ich leider nie erfahren.

Da wir den Krieg selbst erlebten in den Bombenangriffen und in der Ankunft von Flüchtlingen, die ihr Zuhause verlassen mussten, gehörte der Krieg auch mit zu unseren Spielen. Wenn wir bei Fliegerangriffen in den Keller oder in einen Bunker gingen, habe ich oftmals meine Puppe mitgenommen, um sie auch zu schützen. Wir haben aber auch am Tage, wenn es ruhig war und keinen Fliegeralarm gab, Krieg gespielt. Wir verkrochen uns dann im selbstgebauten Bunker – vielleicht unter einer über den Tisch gebreiteten Decke – und flüchteten vor Feinden, die wir uns in unserer Fantasie vorstellten. Das Gefühl, dann sicher und geborgen zu sein, spielten wir auch, und das tat besonders gut. Sogar das Leben von „Ausgebombten", die ein Zimmer in der Wohnung fremder Leute zugewiesen bekamen, haben wir nachgespielt. Im „Kabuff", einer sehr kleinen Abseite am Badezimmer, war es sehr eng, dort hatten wir in unserer Phantasie Zuflucht als Ausgebombte gefunden.

Schöne Spielsachen hatten wir also auch im Krieg, als man sie in den Läden schon nicht mehr kaufen konnte, entweder geerbt wie bei Kamphausens, oder von Handwerkern angefertigt, wie ich sie hatte. Aber Bilderbücher hatte ich kaum, nur ein kleiner Stapel wurde von meiner Mutter im Büffet aufbewahrt. Eines enthielt Kinderreime, davon habe ich nicht vergessen:

Es geht im grünen Wald herum
Der kleine Rotbarth Hutzlibum
Und sucht nach seinem Kinde
Das ist nur einen Daumen lang
Und manchmal hört man den Gesang
Im letzten Flüsterwinde

Dass ich kaum Bilderbücher hatte, mag damit zusammenhängen, dass es in unserem Handwerkerhaus auch für die Erwachsenen keine Bücher gab. Aber auch bei Kamphausens, deren hochstudierter Vater eine umfangreiche Bibliothek besaß, hatten die Kinder kaum Bücher. In den letzten Kriegsjahren, als das Papier zum Druck bewirtschaftet war und den Verlagen zugeteilt wurde, waren Kinderbücher als nicht so notwendig angesehen.

Eine kleine Begebenheit fällt mir dazu ein: es muss noch vor meiner Einschulung gewesen sein, da ging Irma Evers, die Buchhändlerin, an unserem Haus vorbei, sah mich dort spielen, und weil sie mich kleines Mädchen vielleicht niedlich fand, nahm sie mich an die Hand und sagte: „Komm mal mit mir, ich schenk dir was!". Wir gingen in die Buchhandlung, genauer, in den Lagerraum hinter dem Laden, und dort zog sie aus einer Reihe ein einfaches Bilderbuch, das ich auch noch weiter ausmalen konnte. Wenn ich diese Freundlichkeit bis heute nicht vergessen habe, zeigt das doch, wie wichtig und wertvoll damals auch die kleinsten Gaben waren.

Ich hatte noch eine Freundin mit Namen Elke, das war unsere Nachbarin, Tochter von Schulrat Heinrich, der als Soldat „im Felde", an der Front stand – so hieß der Kriegsdienst damals – und darum nur im Heimaturlaub zu Hause war. Elke Heinrich war anderthalb Jahre älter als ich und ging darum in der Schule in eine höhere Klasse, aber als Nachbarinnen waren wir trotzdem gute Freundinnen.

Nachbarskinder

Elkes Vater war als guter Nazi vom Lehrer zum Schulrat aufgestiegen, und sogar in ihrer Familie wurde mit „Heil Hitler" gegrüßt, wo bei uns „Guten Tag" gesagt wurde. So war es auch nicht verwunderlich, dass ihr älterer Bruder Ernst eine reiche Ausrüstung mit Kriegsspielzeug besaß. Dazu gehörten kleine Panzer mit Panzer- Spähwagen und Kanonen, Motorräder und Feldlazarett – Autos und viele Soldaten etwa vier bis fünf Zentimeter groß aus einer Lehmmasse. Die meisten hatten feldgrün-graue Uniformen an und einen Stahlhelm auf dem Kopf. Sie nahmen die unterschiedlichsten Kampfhaltungen ein, schossen mit einem Gewehr im Liegen und im Stehen, stürmten mit einer Handgranate vorwärts oder marschierten auch friedlich mit dem geschulterten Gewehr. Mit diesen gewöhnlichen Soldaten konnte man Krieg spielen und konnte sie den Krieg natürlich gewinnen lassen. Unter den Figuren gab es auch einige, die unter den Feldgrauen auffielen, das waren die SS -Soldaten und die khakigelben SA-Männer, und auch einen kleinen Adolf Hitler gab es, der mit dem kurzen Oberlippenbart seinem lebenden Vorbild erstaunlich ähnlich sah. Er konnte sogar seinen Arm zum Gruß ausstrecken.

In Wirklichkeit habe ich als Kind Adolf Hitler auch einmal gesehen. Als er zur Einweihung des damals neugeschaffenen „Adolf-Hitler-Koogs" 1938 durch Meldorf gefahren ist, haben meine Eltern mit mir am Straßenrand gestanden und den mit gestrecktem Arm im Auto Stehenden gegrüßt, als er vorbeifuhr. Ich saß damals noch in der Sportkarre. So ist es mir später erzählt worden. Seit 1945 heißt dieses Neuland „Diecksanderkoog".

Auch wir Mädchen haben, wenn Ernst es zuließ, bei diesem Kriegsspiel gern mitgemacht. Es war ja leider damals das wirkliche Leben der Soldaten, von dem wir täglich aus den sorgenvollen Erzählungen unserer Eltern hörten oder durch die Sondermeldungen aus dm Radio erfuhren. Dass hier die Nazis versuchten, uns Kinder durch Spielzeug zur Kriegsbegeisterung zu erziehen, haben wir damals natürlich noch nicht verstanden oder durchschaut.

Erich auf Heimaturlaub

Da Elke ein gutes Jahr älter war als ich, wäre sie als Zehnjährige im Frühjahr 1945 zu den „Jungmädeln" ge-kommen, aber – zum Glück – war der Krieg da schon zu

Ende. Die weibliche Hitlerjugend-Organisation begann mit den „Jungmädeln" und ging dann über in den BDM, „Bund deutscher Mädel". Die männliche Jugend begann im Alter von 10 Jahren mit dem „Jungvolk" und wuchs dann zu „Hitlerjugend" HJ heran. Das hat Elke Heinrich also gerade nicht mehr erreicht, aber sie war darauf vorbereitet und hatte Weihnachten 1944 die „Kluft" schon geschenkt bekommen. Das war eine Art Uniform, bestehend aus einem dunkelblauen Rock mit weißer kurzärmeliger Bluse und einer khakifarbenen Jacke aus samtartigem Stoff, der auch „Affenfell" genannt wurde. Das Besondere an dieser Tracht war aber ein aus Lederstreifen geflochtener Ring, der „Knoten", durch den die beiden Zipfel eines um den Hals getragenen schwarzen Dreieckstuchs gezogen wurden. Das sah sehr flott aus, fand ich, und ich habe Elke damals beneidet, dass sie schon bald so groß sein würde, um beim BDM mitmachen zu dürfen. Aber dazu ist es dann auch für sie nicht mehr gekommen.

Für die Mädchen, die aus dem bis zum Ende der Nazi-Zeit freiwilligen BDM „herausgewachsen" waren, gab es danach noch einen für alle verpflichtenden Dienst, das „Pflichtjahr". Während die jungen Männer zur deutschen Wehrmacht eingezogen und dort zum Waffendienst ausgebildet wurden, mussten die jungen Mädchen ein Jahr Sozialarbeit leisten in der Landwirtschaft, bei der Kranken – und Altenbetreuung und in den Kinderheimen. Die Cousine meines Vaters, Käte Lähndorf, musste diesen Dienst in Oberbayern ableisten, obwohl sie aus Norddeutschland stammte. Während ihres Urlaubs hat sie uns damals besucht, und ich habe zum ersten Mal von der Arbeit auf einer Alm in den Bergen erzählen hören.

Als Zaungäste haben auch wir Kleinen manchmal an den Veranstaltungen der Hitlerjugend teilgenommen. Ich erinnere mich an ein „offenes Singen" auf dem Meldorfer Marktplatz, bei dem von den „Jungmädeln" schöne Lieder und Kanons gesungen wurden:

> Es tönen die Lieder
> der Frühling kehrt wieder
> es spielet der Hirte auf seiner Schalmei

Ein lustiger Kanon hieß:

> Lachend, lachend, lachend, lachend
> kommt der Frühling über das Feld
> ü-hüber das Feld kommt er lachend
> hahaha lachend
> über das Feld.

Dieses offene Singen war ein ganz friedliches Treffen, und niemand dachte dabei an den Krieg, jedenfalls wir Kinder nicht.

Als mein Bruder Heiner am 3. April 1945 ganz kurz vor Kriegsende geboren wurde, kamen einige Zeit später Mädchen vom BDM und brachten meiner Mutter ein kleines Kränzchen, geflochten aus frischen Frühlingsblumen, und gratulierten ihr zur Geburt ihres Kindes. Dazu brachten sie allerdings auch eine Urkunde, die mit dem gedruckten Namen Adolf Hitlers unterschrieben war, der der deutschen Mutter für die Geburt ihres Sohnes dankt. Natürlich haben wir als Kinder nicht begriffen, dass in dem neugeborenen Jungen schon ein Soldat gesehen und begrüßt wurde, der später einmal für Nazi-Deutschland in den Krieg ziehen könnte. Ich war nur beeindruckt von dem Erscheinen der „Jungmädel" zum Geburtstag, und meine Mutter wird sich sicher auch gefreut haben.

Nachdem wir im Herbst 1942 in die Schule gekommen waren, fand ich eine Freundin vom anderen Ende der Stadt, Wiebke Thiessen. Ihr Vater war Landwirt, aber sie wohnten nicht in einem Bauernhaus auf dem Dorf, sondern in einem der prächtigsten Häuser in Meldorf. Es liegt inmitten des dazugehörigen Parks in der Nähe des Bahnhofs, die Felder und Wiesen der Landwirtschaft aber außerhalb der Stadt. Zum ersten Mal eingeladen wurde ich zum Kindergeburtstag am 17. Februar zusammen mit anderen Klassenkameradinnen. Beliebtes Spiel war gegen Abend „Haschemann", Verstecken, auf dem großen hallenartigen Flur. Der etwas ältere Bruder Klaus spielte dabei auch mit. Im Dunkeln versteckten wir uns hinter und unter den wuchtigen Möbeln, die hier standen. Dieses etwas wilde Spiel „Haschemann" war mehrere Jahre lang der Höhepunkt des Festes.

Später freundeten Wiebke und ich uns näher an, besuchten unsere beliebte Lehrerin Fräulein Winkler („dürfen wir 'n bisschen bei dir sein?") und spielten in Thiessens Park. „Zusammen schlafen" war damals beliebt unter Freundinnen, und so bin ich auch wieder in das herrschaftliche Haus mit großer Veranda, Herrenzimmer und Esszimmer in der Österstraße gekommen.

Wiebkes Geburtstag

Mich hat diese großzügige Wohnung mit schönen stilvollen Möbeln sehr beeindruckt. Ich fand es hier sehr „vornehm", denn in unserer Handwerkerwohnung unter einem Dach mit der Schmiedewerkstatt sah es doch sehr viel einfacher und bescheidener aus. Auch die Tischsitten waren bei Thiessens feiner. Gegessen wurde an einer langen Tafel im Esszimmer. Hier waren nur die Familie und Gäste versammelt. Vater Thiessen hatte nach Gutsherrenart den Vorsitz und – das hat mich damals besonders beeindruckt – er zerschnitt den Braten und teilte die Portionen aus. Die angestellten Knechte und Mägde aßen in der Küche, die im geräumigen Keller lag. Das war also auch anders als bei uns, denn wir aßen zusammen mit unseren Lehrlingen und Gesellen am Küchentisch. Nach dem Krieg kamen auch in dieses herrschaftliche Haus mehrere Flüchtlinge, und Familie Thiessen musste zusammenrücken wie alle.

Jede Jahreszeit hatte natürlich ihre besonderen Regeln auch für unsere Spiele. Im Frühling habe ich immer das warme Wetter herbeigesehnt, damit ich die lästigen langen Wollstrümpfe ausziehen konnte, die nur bis zu den Oberschenkeln reichten und mit Lochgummibändern, den „Strippen", am „Leibchen" festgeknöpft wurden. Strumpfhosen gab es noch nicht. Endlich Kniestrümpfe anziehen! das wünschte ich mir. Mein Vater war damit sehr streng, ich sollte mich nicht erkälten und durfte grundsätzlich erst im ersten Monat ohne „r", also im Mai, die langen Stümpfe ausziehen, auch wenn im April schon mildes Wetter war.

Wenn im Frühling die Natur wieder grün wurde und die ersten Wiesenblumen blühten, sind Elke und ich gern zum Blumenpflücken auf Heesch' Weide gegangen. Was dort blühte, nannten wir Butterblumen, Hundeblumen, Gänseblümchen, Kiebitzblumen mit Kuckucksspucke und Kaffeeblumen. Unsere Eltern bekamen dicke Sträuße davon für die Blumenvase, und aus Gänseblümchen haben wir für uns selbst Kränze und Ketten hergestellt, indem wir mit den Fingernägeln einen Spalt in den Stengel gedrückt und das nächste Gänseblümchen hindurchgezogen haben, das auch wieder gespalten wurde, und so ging es immer weiter. Keine der abgepflückten Wiesenblumen wurden liegengelassen, das war „Sünde". Das taten wir nicht, auch wenn niemand uns zusah.

Ein besonders schönes Spiel, bei dem wir Ruhe und Geduld aufbringen mussten, gab es im Frühling am Rande der Weide an einem kleinen Teich. Wir haben im klaren Wasser, dort wo es nicht von der grünen Entengrütze bedeckt war, die eben aus dem Laich, den Froscheiern, geschlüpften Kaulquappen zuerst beobachtet und schließlich mit der Hand gefangen und mit ein wenig Teichwasser in ein mitgebrachtes Glas gefüllt. In einem Jahr hatten wir ziemlich viele davon gegriffen, eigentlich nur aus Spaß. Da wir sie aber nicht wieder in ihren Teich zurückkippen wollten, sie aber auch nicht umkommen sollten, haben wir sie mitgenommen und im Apfelgarten der Holländerei in einem Graben zwischen den Apfelsorten „Gravensteiner" und „Dithmarscher Paradies" wieder ausgesetzt. Dann haben wir sie erst einmal vergessen. Im Herbst aber, als wir wieder im Garten umherliefen, um uns leckere reife vom Baum gefallene Äpfel aufzusammeln, merkten wir, dass im Gras unter den Bäumen ungewöhnlich viele dicke Frösche umherhüpften, und da fiel uns ein, dass wir sie ja im Frühling hier selbst angesiedelt hatten. Den Umzug aus dem Heimatteich mit der Entengrütze hatten sie also gut überstanden. Das war sicher auch so zu erklären, dass die Kaulquappen nicht mehr lange im Wasser umhergeschwommen sind, ihnen sind Froschschenkel gewachsen, sie sind an Land gesprungen und haben sich dann sicher auch unter den Apfelbäumen wohlgefühlt.

Einmal haben Elke und ich beim Umherstreifen auf den Weiden von weitem einen Fuchs gesehen, der vor unseren Blicken verschwand, vielleicht, weil er in seinen

Fuchsbau gekrochen war. Als wir das ganz aufgeregt zu Hause erzählten, wollte einer der Schmiedelehrlinge uns weismachen, einen Fuchs könne man ganz einfach mit der Hand greifen, wenn man ihm vorher Salz auf den Schwanz gestreut habe. Und wir dummen kleinen Mädchen sind doch tatsächlich darauf hereingefallen. Wir haben ein Päckchen Salz mitgenommen und den Fuchs noch einmal gesucht, haben aber weder ihn noch seinen Bau wiedergefunden, so dass wir auch die Fangmethode nicht ausprobieren konnten.

Im Sommer haben wir natürlich gebadet, es gab zwar noch keine Badeanstalt in Meldorf, aber wir hatten andere Möglichkeiten. Da war das kleine Flüsschen Miele, das am Stadtrand vorbeifließt, da wo auch unser Garten „das Land" lag. Von den Meldorfern wird es die Waschaue genannt, wahrscheinlich, weil früher die Bewohner dieser Gegend tatsächlich ihre Wäsche darin gewaschen haben. Wir hatten neben der Brücke, die auf unser „Land" führte, eine Stelle, an der auch kleinere Kinder ungefährdet baden konnten. Der Flusslauf war hier nur wenige Meter breit und das Wasser sehr niedrig und dabei ganz klar über einem sandig-steinigen Grund. Schwimmen konnte man hier nicht, nur plantschen, denn selbst an der tiefsten Stelle am anderen Ufer, wo ein Weidenbaum seine Äste tief auf das Wasser herunterhängen ließ, reichte es uns nur bis zum Bauch. Hier an der Waschaue durften wir ohne Aufsicht baden und haben dies Gelegenheit bei großer Hitze auch gern genutzt.

Lieber badeten wir aber „richtig" im Meldorfer Hafen oder im Christianskoog. Damals lag hier im Gebiet des heutigen Speicherkoogs noch die ursprüngliche Dithmarscher Bucht, in der die Nordsee etwa alle sechs Stunden langsam von der Hochflut bis zur Hohlebbe wechselt. Die nächste Flut läuft mit einer Verschiebung von einer knappen Stunde wieder auf den trockengefallenen Meeresboden, das Watt, so dass die eigentliche Badezeit von Tag zu Tag eine Stunde später bei Hochflut liegt.

Baden im Christianskoog

Auch für den Beginn des Sommers am Wasser hatte mein Vater eine Regel. Wenn ich zu früh zum Baden fahren wollte, hieß es: „Dat Water het noch nie bleut" (das Wasser hat noch nicht geblüht). Was das eigentlich bedeutete und woher mein Vater das wusste, habe ich nie erfahren. Es muss mit der Algenblüte im Nordseewasser zu tun haben und mit der Oberfläche des Watts, das bei jeder Ebbe täglich zu beobachten war. Vielleicht ließ mein Vater sich das vom Hafenmeister Ramm melden, für den er manchmal an der Schleuse gearbeitet hat. Zum Baden ist er selbst selten am Hafen gewesen, aber auch das gab es. Wir fuhren dann mit dem Badewagen von Dosche Horn, denn zu Fuß in der Sommerhitze war die 2 km lange Strecke zum Meldorfer Hafen ein mühsamer Weg. Der Badewagen war eine Pferdekutsche mit einem offenen Abteil hinter dem Kutschblock, in dem die beiden gegenüberliegenden Bänke nur von einer Art Baldachin überdacht waren. Wir saßen also praktisch in einem offenen Wagen, aber die Sonne konnte nicht so heiß auf uns hernieder brennen.

Die Kutscherin Dosche Horn fuhr nur bei gutem Wetter – ich glaube, 0,30 RM kostete jede Fahrt – ob bei Flut oder Ebbe. Schwimmer richteten sich natürlich danach, wann Hochflut war, aber ich fand als kleines Kind, als ich noch nicht richtig schwimmen konnte, das Wattenlaufen bei Ebbe genauso schön. Wenn wir zu mehreren Kindern im Watt spielten, haben wir uns sogar mit Schlick beworfen oder selbst eingeschmiert, so dass wir wie die Neger aussahen. Abwaschen konnten wir uns dann wieder in einem Priel, in dem vielleicht noch etwas Wasser stand.

Im Watt sind wir als kleine Kinder nur unter Aufsicht von Erwachsenen gewesen, denn es konnte sehr gefährlich werden, wenn man bei auflaufender Flut zu weit hinausgegangen war. Dann waren die Priele, die wie tief eingegrabene Flussläufe aussehen, schon mit Wasser gefüllt und schnitten den Rückzug übers flache Watt ab. In der Nähe des sicheren Ufers war es aber sehr anschaulich und spannend, die Flut nahen zu sehen. Wir legten uns in einem deutlichen Abstand zu der Flutkante in den Schlick, und schon nach wenigen Minuten hatte uns das auflaufende Wasser erreicht. Wenn es in der Luft ganz ruhig war und wir lauschten, konnten wir sogar ein leises Prickeln hören, das durch die Bewegung des Wassers entstand aber auch durch die Wattenwürmer. Die nehmen durch einen Atemkanal den Schlick auf, saugen daraus Nahrung auf und stoßen ihn dann an die Oberfläche, so dass dort viele kleine Häufchen, wie aus Fäden geformt entstehen.

Im Hochsommer und beginnenden Herbst, wenn auf den Feldern das Getreide geerntet wurde, erlaubte mein Vater mir manchmal, auf dem Motorrad mitzufahren. Ich saß dann nicht auf dem Beifahrersitz hinter ihm, sondern vorne auf dem Tank zwischen seinen starken Armen. Da war ich sicher und konnte nicht runterfallen, und es war ein schönes Gefühl, so als wenn ich selbst mit steuerte. Ich erinnere mich, dass manchmal auch Elke und ich zu zweit mitgefahren sind. Getreideernte findet nur bei warmem trockenem Wetter statt, denn das Korn darf nicht nass im Regen geschnitten werden. Geerntet wurden bei uns Witten (Weizen), Gassen (Gerste), Rorch (Roggen), und Hower (Hafer).

Einmal bin ich barfuss mit aufs Feld gefahren, weil es sehr heiß war. Ich musste vorsichtig die Getreidestoppeln umtreten, damit ich mich nicht an den scharfen Rändern der hohlen Halme schnitt. Dabei bin ich aber auf eine Wespe getreten, die mich in meinen nackten Fuß gestochen hat. Natürlich habe ich aufgeschrieen, und mein Vater reagierte kurzentschlossen, legte mich vorsichtig auf das Stoppelfeld, zog aus meiner Fußsohle den Stachel der Wespe heraus und sog den Einstich mit seinem Mund aus, so dass das Gift nicht wirken konnte. Wespenstiche konnten gefährlich werden, auch bei der Obsternte waren wir davon bedroht, und wenn das Gift richtig zur Wirkung kam, schwoll die Haut sehr an und tat weh.

Noch eine Erinnerung habe ich an so einen Ernteeinsatz. Der Bauer war ohne Knechte auf dem Feld und zog den Selbstbinder mit einem Trecker. Mein Vater hatte den Knütter, der das Bindegarn knotet, repariert und wollte nun mit dem Bauern zusammen hinter der Mähmaschine herlaufen und beobachten, wie er arbeitete. Da aber sonst niemand da war, der den Trecker fahren konnte, wurde ich daraufgesetzt und musste eng am Kornfeld entlang steuern, damit die Mähmaschine die Halme schneiden konnte. Um die Geschwindigkeit brauchte ich mich zum Glück nicht zu kümmern, denn es wurde langsames Standgas für den Motor des Treckers eingestellt, so dass ich es ganz gut schaffte, den Selbstbinder zu steuern, während mein Vater und der Bauer die Maschine überprüften. Natürlich habe ich zu Hause ganz stolz erzählt, dass ich selbst Trecker gefahren bin, ich war doch noch ein kleines Mädchen von nicht einmal neun Jahren.

Nach der Erntezeit standen oft viele dieser Maschinen zur Reparatur bei uns vor der Werkstatt und auf der Tankstelle, die während des Krieges geschlossen war. Für meinen Vater und seine Gesellen und Lehrlinge war das der Arbeitsplatz, für uns Kinder ein interessanter Spielplatz. Gern gesehen waren wir da zwar nicht, aber strikt verboten war es uns auch nicht, auf die Maschinen zu klettern und dort zu spielen. Dabei habe ich dann aber doch einen bösen Unfall gehabt, als ich auf die Messerschiene eines Selbstbinders gefallen bin und mir an einem der spitzen Dorne, die beim Mähen zwischen die Halme fahren, meinen ganzen kleinen Oberschenkel aufgeschlitzt habe.

Mein Vater war zum Glück sofort zur Stelle und hat mich auf den Armen zu Dr. Wegner getragen, der ganz in der Nähe seine Arztpraxis hatte. Dort wurde die klaffende Wunde mit sechs Metallklammern geschlossen, und ich durfte einige Tage nicht laufen, konnte also auch nicht zur Schule gehen, ich glaube, im zweiten Schuljahr war ich damals.

Draußen spielen bei Kälte im Winter, da gab es nicht nur das Schlittschuhlaufen auf Heesch' Weide, sondern bei Schnee auch das Rodeln in den „Anlagen", das ist ein kleiner leicht hügeliger Bereich am Rande der Stadt. Richtige Berge gibt es bei uns nicht, nur diese Geesthügel. Zum Rodeln aber waren gerade diese sanften Hänge bestens geeignet. In den Anlagen, einem mit Laubbäumen bewachsenen Parkstreifen, lagen also unsere Rodelberge. Das Gelände war so günstig gelegen, dass sich unterschiedlich schwierige Rodelbahnen ergaben, von einem ansteigenden Weg aus konnte man in verschiedenen Höhen abfahren. Ganz unten lag der Babyberg, die Bahn war am kürzesten, hier rodelten nur kleine ängstliche Kinder. Daneben lagen die längeren Rodelbahnen, die am meisten befahren waren. Und dann gab es für die ganz Wagemutigen noch einen „Doppelberg", man fuhr schon über einer kleinen Anhöhe über dem Hauptweg ab, sauste darüber hinweg und landete mit großem Tempo auf der höchsten und längsten Rodelbahn. Hier fuhren eigentlich nur die großen frechen Jungs aus der Norderstraße, die sich vor den anderen Kindern aufspielen wollten. Sie rodelten mit ihren Schlitten meistens auf dem Bauch liegend und bremsten kaum.

Wir Mädchen saßen aufrecht mit vorgestreckten Beinen auf unseren Schlitten, hielten den Strick zum Ziehen wie eine Lenkstange und lenkten und bremsten ein bisschen, um nicht die Kontrolle zu verlieren. Damals besaßen nicht alle Kinder einen eigenen Schlitten, einen gekauften aus Holz mit schmalen Latten als Sitzfläche hatten nur wenige, so wie Kamphausens. Meiner war von meinem Vater selbstgemacht aus Rohreisen mit einer geschlossenen Sitzplatte aus Holz, in die mein Name ELKE WIERK eingebrannt war, weil es vorkam, dass Schlitten gestohlen wurden. Auch konnte man ihn so nicht mit anderen Schlitten verwechseln, denn mein Vater hatte von diesem Modell noch mehrere für andere Kinder gebaut. Familie Braczeck aus der Norderstraße war zu arm, um für die acht Kinder Schlitten anzuschaffen, aber die Jungs unter ihnen waren erfindungsreich,

Egon hatte irgendwo eine große alte Bratpfanne aufgetrieben, vielleicht sogar unerlaubt in der Küche seiner
Mutter, in die setzte er sich hinein, nahm den Pfannen-
stiel wie ein Steuer in die Hand und sauste die Rodelbahn hinunter.

Einmal haben Elke und ich diesen Rodelplatz verlassen, weil er uns zu voll war, weil zu viele Kinder eng
hintereinander rodelten. Wir wollten uns eine neue Bahn
suchen, auf der noch keiner gefahren war. Es gab in den
Anlagen Hügel genug, aber leider waren sie viel enger
mit Bäumen bewachsen als die Rodelberge. Trotzdem
wollten wir versuchen, zwischen den Bäumen hindurch-
zufahren. Ich weiß nicht mehr, wer es zuerst gewagt hat,
aber ich habe noch genau das Bild vor Augen, wie Elke
frontal vor einem dicken Baum landete, den sie nicht
umfahren konnte. Der Schlitten zersplitterte in 1000
Stücke, und Elke saß verblüfft im Schnee. Zum Glück
war sie unverletzt, denn die Wucht des Aufpralls hatte
der Schlitten abgekriegt, und der war ja auch dabei kaputt gegangen.

Eine lange, breite und bequeme Rodelbahn war der
„Hartmannsberg". Sie führte am Haus der Familie von
Zahnarzt Dr. Hartmann vorbei. Sie war nur etwas
gefährlicher, weil sie auf den Pferdemarkt vor der
Holländerei hinauslief, wo es auch damals schon Au-
toverkehr gab. Auf dieser Bahn kamen wir schnell in
Fahrt, und es wurden hier gerne „Bobs" gebildet, das
heißt, mehrere Schlitten aneinandergebunden, so dass bis
zu 6 Kinder hintereinander sitzen konnten. Hier waren
die Jungs Peter Hartmann und Thilo Wegner

Hartmann und Thilo Wegner tonangebend, und wir kleinen Mädchen haben uns leicht von ihnen einschüchtern lassen.

Noch eine Schlittengeschichte fällt mir ein. Unter dem Gerümpel auf dem böbersten Böhn hatten wir eines Tages einen uralten Pferdeschlitten für eine Person entdeckt, der aussah wie ein hoher eiserner Thron auf Kufen. Ursprünglich hatte er eine Vorrichtung zum Anschirren des Pferdes gehabt, so dass man darin im Schritt-Tempo des Tieres über ebenen Schnee gezogen werden konnte. Wir durften ihn vom Boden holen, saubermachen und entrosten und damit spielen. Ein Pferd hatten wir zwar nicht zur Verfügung, und die Bauerntochter Lisa Rohde nach ihrem Pony zu fragen, darauf sind wir wohl nicht gekommen. Auch auf den Bergen in den Anlagen konnten wir natürlich nicht damit rodeln, mit diesem hohen Gefährt hätten wir zu leicht bei schneller Fahrt umkippen können. Für kurze Zeit machte es aber Spaß, mit unseren Puppen wie Herrschaften darin auszufahren und uns abwechselnd gegenseitig zu ziehen.

Kamphausens hatten nicht nur die schönsten Spielsachen, die es in der Kriegszeit gab, sondern für damalige Verhältnisse eine Rarität: ein Filmvorführgerät. Es gab zwar in Meldorf zwei Kinos, eines in der „Erheiterung" und das andere im „Deutschen Haus", aber als kleine Mädchen durften wir noch keine Kinofilme sehen. Der einzige Film, den ich vor dem Kriegsende gesehen habe, hieß „Die verzauberte Prinzessin", eine Märchenverfilmung. Am Ende wirft ein Prinz einen Edelstein ins

Wasser, und eine Prinzessin steigt aufrecht zur Oberfläche wie eine Taucherin.

Das gerade erst erfundene Fernsehen gab es noch längst nicht in den Wohnungen. So war es immer ein Erlebnis, wenn Herr Kamphausen bei Kindergeburtstagen oder bei anderen Gelegenheiten seinen Kindern und anderen aus der Nachbarschaft das „Heimkino" vorführte, auch wenn wir immer wieder die selben Filme sahen. Im verdunkelten Kinderzimmer wurde das Vorführgerät aufgebaut und der Film auf ein Bettlaken projiziert, das vor das Fenster gehängt war. Es gab nur Stummfilme, und die einzigen Geräusche kamen vom Surren des Apparates und dem leichten Klappern der ablaufenden Filmspule und von unseren Kommentaren und Beifallrufen zur Handlung.

Unser Lieblingsfilm hieß „Lehmann ist ein schlechter Kutscher", darin war die Kutschfahrt eines Mannes dargestellt, der aus Unachtsamkeit die Kontrolle über sein Pferd verliert. Mit diesem Gespann galoppiert er durch eine kleine Stadt, stößt auf dem Wochenmarkt mehrere Obst- und Gemüsestände um, bis der Gaul schließlich von seiner Karre losreißt und davon trabt, während Lehmann am Straßenrand liegen bleibt. Als Höhepunkt dieser wilden Jagd empfanden wir immer den Augenblick, wenn Lehmann eine Frau anrempelt, aus deren Einkaufkorb eine Klopapierrolle herausfällt, die über den ganzen Wochenmarkt abrollt.

Ein anderer Film hieß „Akrobatik ganz groß und schön". Er begann damit, dass der Vorhang einer Bühne sich öffnete und ein Turner auftrat, der erst einmal seine dicken Muskeln spielen ließ, um die Zuschauer zu beeindrucken, und dann führte er mit anderen Turnern zusammen akrobatische Kunststücke vor, so wie sie auch im Zirkus gezeigt werden.

Zwei Märchenfilme gab es: „Der gestiefelte Kater", der uns sehr fesselte, weil darin die Verzauberung des Riesen in eine Maus dargestellt war, und „Dornröschen", eine sehr geheimnisvolle Geschichte, in der vor unseren Augen in Windeseile eine Dornenhecke um das Schloss wuchs.

Elke hatte damals einen Vetter und zwei Cousinen, Ina, Peter und Suse Hartmann, die auch manchmal mit uns spielten. Ina war etwas älter als wir, darum gab sie auch an, was gespielt wurde. Einmal haben wir für Elkes Geburtstag am 13. April unter ihrer Anleitung ein Theaterstück eingeübt, „Schneewittchen und die sieben Zwerge". Mehrere Proben haben wir Tage vorher gehabt, und schöne Kostüme wurden zusammengesucht aus abgelegten Kleidungsstücken unserer Eltern. Ina selbst spielte natürlich die Hauptrolle und trat als Schneewittchen in einem langen weißen Nachthemd ihrer Mutter auf. Am Geburtstag kam das Theaterstück dann zur Aufführung. Unsere Bühne war der Flur in Kamphausens Wohnung, der Zuschauerraum das Kinderzimmer. Darin saßen nur die Eltern Kamphausen, Tante Ilse und die Großeltern Hartnack, die Kinder mussten ja alle bei der Theateraufführung mitwirken. Einen Bühnenvorhang hatten wir leider nicht, darum musste die Kinderzimmertür dazu dienen, sie wurde vor jedem Akt geöffnet und am Ende wieder geschlossen.

Ein anderes aufwendiges und vorher geplantes Spiel, bei dem alle Kinder der Nachbarschaft mitmachen konnten, haben wir einmal im Sommer gespielt: Hochzeit. Der Festsaal wurde in langer Vorbereitung im alten Pferdestall unserer Nachbarn Heinrich eingerichtet. Pferd und Kutsche vom Vorgänger Tierarzt Schütt gab es nicht mehr, so hatten wir Platz für unsere Festtafel. Alle Kinder hatten vorher Kuchen gebacken für den großen Festschmaus. Braut und Bräutigam waren Elke Heinrich und Peter Hartmann, schön verkleidet. Der Brautschleier war eine Gardine.

Und auch Zirkus haben wir gespielt, vorher angekündigt auf selbstgemalten Plakaten, die an mehreren Straßenbäumen hingen: „Zirkus WIEDIKA", benannt nach den Namen der drei Zirkuskünstlerinnen Elke Wie(rk), Göntje Di(bbern) und Elke Ka(mphausen). Auch für diese Vorstellung haben wir lange geübt, ich habe sogar Seiltanzen dafür zu lernen versucht, Göntje konnte gut turnen und führte Handstand und Brückenschlag vor, und Elke hatte eine Dressurnummer mit Thedes Hund Bobby.

Verschiedene einfache Spiele kamen im Sommer in Mode, bis sie wieder vergingen. Da war etwa das Brummkreiselspiel, bei dem ein kleiner Holzkreisel mit Eisenspitze zuerst einmal mit dem Band einer Peitsche umwickelt und dann dazu gebracht wurde, sich auf dem Steinfußboden zu drehen, indem das Band mit Schwung vom Peitschenstiel abgeschleudert wurde. Dann musste der sich drehende Kreisel mit Peitschenhieben in Bewegung gehalten werden, und der Spieler, dem das am längsten gelang, hatte am Ende gewonnen.

Oder das Springtau-Hüpfen, dazu brauchte man ein langes Seil, das an beiden Enden angefasst, über den Kopf geschleudert und, während es auf den Boden aufschlägt, übersprungen werden musste. Kunstvoll wurde das Hüpfen, wenn nur mit einem Bein aufgesetzt wurde oder wenn die Arme verschränkt und dadurch eine Seilschlinge gebildet wurde. Wer dabei auf das Tau trat, war „ab" und musste es an die Mitspielerin abgeben.

Das Seilhüpfen konnte auch von mehreren Mädchen auf einmal gespielt werden. Dann wurde das viel längere Tau von zweien gedreht und auf die Erde geschlagen, und eine beliebige Anzahl von Mitspielerinnen sprang von der Seite hinein, wenn das Seil in der Luft stand, bevor es wieder auf die Erde klatschte und übersprungen werden musste.

Ein Spiel mit einem leichten Gummiball gab es, das ohne Wettkampf ausgetragen wurde oder, wenn nur ein Ball vorhanden war, solange, bis eine Spielerin wieder „ab" war, weil der Ball auf die Erde gefallen war. Dabei wurde er gegen eine glatte Wand geworfen und wieder zurückgestoßen mit den aufeinander gelegten Händen, mit der Faust, mit dem Unterarm, mit der Brust, mit dem Knie oder mit dem Kopf. Eine Reihenfolge war nach dem Schwierigkeitsgrad festgelegt, und es gab wahre Ballkünstlerinnen unter den kleinen Mädchen.

Draußen zu spielen war auch ein Spiel, das Hinkepott hieß. Man brauchte dazu außer einem kleinen Stein kein zusätzliches „Turngerät". Es wurde nur auf glattem Boden mit einem Stock eine Kreuzfigur in Leiterform in den Sand gezogen. Die Spielerin, die „dran" war, warf das Steinchen nacheinander in die drei Felder bis zur Mitte, übersprang auf einem Bein jeweils bei jedem Durchgang das Feld, auf dem das Steinchen lag, und durfte sich im Mittelfeld des Kreuzes auf zwei Beinen ausruhen. „Ab" war, wer den Stein nicht in das richtige Feld warf oder nicht genau genug sprang und die in den Sand gezogene Linie übertrat.

Wenn viele Kinder zusammen waren, wurde „die Meiersche Brücke" gespielt. Dabei standen zwei Mädchen sich gegenüber und bildeten mit ihren Armen einen Torbogen, durch den eine möglichst lange Kette von Kindern wandern musste, die sich an den Händen angefasst hielten. Dazu wurde in einem Sprechgesang gesungen:

> Die Meiersche Brücke
> Die Meiersche Brücke
> die ist so sehr zerbro-o-chen
> wer hat sie zerbrochen?
> wer hat sie zerbrochen?
> der Wolf mit seinen Kno-o-chen
> die E-e-rste kommt,
> die Zwei-ei-te kommt
> sie Dritte woll'n wir fa-ha-ngen
> mit Spießen und mit Zangen

Nun senkten sich die Arme der Brückenfiguren über das Kind, das gerade im Tor stand. Es wurde beiseite genommen und im Flüsterton gefragt, wofür es sich bei zwei unterschiedlichen Angeboten entscheiden würde, etwa: „Möchtest du lieber ein Stück Sahnetorte oder ein Stück Schokoladenkuchen?" Meist wurden Näschereien angeboten, die es in Wirklichkeit in dieser Zeit gar nicht gab, wie Schokolade und Marzipan. Nach der auch wieder geflüsterten Entscheidung musste sich die Gefangene hinter einem der Brückenmädchen aufbauen. Dann ging das Spiel weiter, bis alle Kinder gefangen waren und in einer der beiden Reihen standen, die sich hinter den Brückenpfeilern gebildet hatten. Und nun kam der große Augenblick, in dem bekannt wurde, wer durch seine Wahl zu den Engeln und wer zu den Teufeln geraten war. Nacheinander wurden sie belohnt oder bestraft:

> Die Teufel werd'n gerüttelt
> geschüttelt
> zum Tor hinaus
> ins schwarze Haus!

Dazu wurden sie zwischen den Armen der beiden Brückenmädchen tüchtig hin- und hergestoßen. Die Engel aber durften sich auf die zusammengelegten Arme setzen und wurden sanft geschaukelt zu dem Gesang:

> Die Engel werd'n gehoben
> geschoben
> in'n Himmel hinaus
> ins goldene Haus!

Ein anderes Spiel für viele Kinder ist der „Plumpsack". Dabei wird ein Kreis gebildet, in dem alle sich anfassen,

84

nur einer geht außen um den Kreis herum, während gesungen wird:

Dreih' di ni um
Peter Plumpsack geiht rum!
wer sik umkiekt un lacht
de kriecht een an de Back!

Nun lässt der Plumpsack hinter einem Kind des Kreises einen Stein fallen, und wenn das während der nächsten Runde von ihm nicht bemerkt wird, ist es „ab" und muss jetzt den Plumpsack spielen, sonst wandert der weiter um den Kreis. Sein Geschick, den Stein möglichst unauffällig fallen zu lassen, ist dabei also gefragt

Beliebt war, wenn es auf einem großen Gelände gespielt werden konnte, auch das Versteckspiel. Einer musste dann eine beliebig große Schar von Kindern suchen, nachdem er sich zunächst gegen eine Wand oder einen Baum gekehrt und mit verdeckten Augen gesungen hatte:

Eins, zwei, drei, vier Eckstein
alles muss versteckt sein
hinter mir, das gildet nicht
eins, zwei, drei ich komme!

Man musste sich also in kurzer Zeit schnell irgendwo verkriechen, wo man nicht so schnell entdeckt werden konnte. Wer gefunden war, durfte weiter mitsuchen. Im Sommer war das eines der beliebtesten Spiele und wurde nicht nur an Kindergeburtstagen gespielt.

Im Sommer und im Winter wurde von zwei Spielerinnen ein recht kunstvolles Spiel mit einer zum Kreis geschlossenen Schnur gespielt, das „Abnehmen" heißt. Eine spannt mit den Fingern beider Hände die Schnur zu einer Figur, die andere nimmt sie mit ihren Fingern so ab, dass die Schnur zwischen ihren Händen eine neue Figur bildet, und bei jedem Abnehmen entsteht ein neues Gebilde aus der Schnur.

Es fällt mir jetzt auf, dass alle Spiele, die ich beschrieben habe, fast ohne kostspieliges Gerät ausgeübt werden können. Als ich sie mitgespielt habe, war ja Kriegszeit, Mangelzeit, und neues Spielzeug konnte man kaum noch kaufen. Zwar gab es den Spielzeugladen von Küfer Martens in der Burgstraße noch, aber das Angebot wurde gegen Ende des Krieges immer dürftiger. Einfache Korbpuppenwagen habe ich in Erinnerung und primitive Holzroller, aus zwei Latten zusammengesetzt und ein Springtau mit Holzgriffen. Wer geschickte Handwerker in der Familie hatte und das nötige Material, bekam „Stelzen" gebaut, das sind lange kantige Holzstangen, an die am unteren Ende etwa 20 cm über dem Boden kleine Holzabsätze für die Füße angeschraubt waren. Geschicklichkeit erforderte es nun, flink auf diese Stufen zu steigen und mit den Holzstangen im Arm wie auf verlängerten Beinen umherzustelzen. Das ging nicht schnell, verlieh aber das Gefühl von körperlicher Größe. Für uns Mädchen gab es noch die „Strickliesel", das ist eine Holzröhre, außen wie eine Puppe bemalt, die auf ihrem Kopf vier Nägel wie eine Krone trägt. Darüber wurde ein Faden gespannt, der Anfang eines Wollknäuels, und mit einer Nadel über die Nägel gehoben, so dass aus den vier mit- und nebeneinander verstrickten Maschen eine

Schnur entstand, die unten aus der Röhre heraushing und immer länger wurde. Aus diesen langen Strickliesel-Kordeln haben wir, wenn sie dann abgenommen waren, kleine Geschenke gebastelt. Wir haben sie aufgerollt und Untersetzer, Taschentuchbehälter und Mützen daraus gemacht. Als es selbst diese kleinen hohlen Püppchen nicht mehr zu kaufen gab, haben wir sie uns selbst gebastelt aus einer leeren hölzernen Garnrolle, in die oben vier kleine Nägel eingeschlagen waren.

HOLLÄNDEREI

In meiner Kindheit lag in unserer nächsten Nachbarschaft das damals im ganzen Land bekannte und hoch angesehene Hotel „Holländerei". Seinen Namen hatte es aus einer früheren Zeit, als an diesem Ort eine Molkerei zur Käseherstellung von holländischen Milchfachleuten betrieben wurde. Später entstand hier das vornehme Hotel, das jetzt dem Ehepaar Wilhelm und Friedchen Hartnack gehörte, den Großeltern meiner Freundin Elke Kamphausen. Da es ihr Zuhause war, in dem sie mit ihren drei Geschwistern und fünf Vettern und Cousinen täglich ein- und ausging, durfte ich als Freundin ganz selbstverständlich mitkommen. Es wäre auch sehr schwer zu überwachen gewesen, wo wir auf dem riesigen Grundstück auftauchten, denn zu dem Hotel mit Gasthaus, einer sogenannten Durchfahrt, der Garage für die Pferdekutschen der alten Zeit, und dem Stall für Kühe und Pferde gehörte auch ein großer Obst- und Gemüsegarten mit Treibhaus. Daran schloss sich ein extra eingezäunter Geflügelhof an, in dem Hühner, Enten, Gänse und Puten ihren Auslauf hatten. Ein Geflügelhäuschen für den prächtigen Pfau trennte den Wäschegarten von diesem Bereich ab. Begrenzt war dieses ausgedehnte Gartengelände durch den Meiereigraben, der immer noch Wasser führte, und davor noch durch eine lange Reihe von hüttenartigen Gestellen, auf denen die Bienenkörbe standen.

Dieses fast grenzenlos erscheinende Gebiet war also unser Spielplatz, ein wahrer Abenteuerspielplatz, denn manche Unternehmungen waren doch recht gewagt, zumindest, weil sie nicht erlaubt waren. So haben wir in der Erntezeit uns besonders gern an die reifen Erdbeeren herangeschlichen, was gefährlich war, weil die Beete völlig ungeschützt vor Blicken mitten im weiten Garten lagen und wir immer damit rechnen mussten, ertappt zu werden. Schmerzhaft konnte es dazu noch werden, wenn wir in die Brombeerhecke gestiegen sind und von den unübersichtlich gewachsenen Dornen gepiekst wurden. Dieses Spiel nannten wir „Heldentaten", aber wir wagten sie immer wieder, weil die dicken reifen Brombeeren doch zu gut schmeckten. Einfacher zu erreichen waren da schon die Himbeeren, und noch bequemer konnten wir im Apfelgarten unsere beliebteste Sorte „Dithmarscher Paradies" einfach im Gras aufsammeln. Aber immer mussten wir aufpassen, dass wir nicht erwischt wurden, denn Hermann, der Verwalter von Stall und Garten, konnte jederzeit auftauchen und uns in Angst und Schrecken versetzen.

Noch etwas ganz Unerlaubtes haben wir manchmal oder bestimmt einmal im Garten getrieben: Wir haben uns hinter das Bienenhaus verkrochen – dorthin, wo es ganz nahe am Meiereigraben stand, und haben dort geraucht. Nun war es aber nicht etwa so, dass wir uns die Zigaretten aus einer Schachtel bei Elkes Vater, dem Raucher, weggenommen hätten, nein. Zigaretten konnte man am Kriegsende nicht einfach kaufen und schon gar nicht aus so vielen Sorten auswählen wie heute. Sie waren wie alle Lebensmittel auf Marken, nur auf „Raucherkarte" zu haben.

In den Erdbeeren

Wer von den Erwachsenen das Rauchen gar nicht lassen konnte, baute selbst den Tabak im Garten an, dort wo andere Leute ihre Kartoffeln ernteten, und wenn die Pflanze geblüht hatte und die grünen Blätter groß und sehr breit gewachsen waren, wurden sie abgeschnitten, hintereinander am Stängel auf einen Faden gezogen und auf dem Hausboden zum Trocknen aufgehängt. Erst wenn das Blatt ganz braun, spröde und bröckelig geworden war, wurde es sehr fein zerschnitten und in dünnes Zigarettenpapier gedreht. Die echten Raucher hatten dazu eine winzige Maschine, oder sie drehten die Zigarette zwischen zwei Daumen und Zeigefingern. Und so haben wir kleinen Mädchen es auch gemacht, als Elke einmal von ihrem Vater ein trockenes Tabakblatt stibitzt hatte, aber richtiges Zigarettenpapier hatten wir nicht. Wir haben wenig bedrucktes Zeitungspapier stattdessen genommen. Ich weiß gar nicht mehr, ob uns dieser Rauchgenuss überhaupt geschmeckt hat und ob uns nicht sogar schlecht geworden ist davon, aber das verbotene Vergnügen haben wir genossen, und das hat uns gereicht.

Beliebter Spielplatz in der Holländerei war auch der Stall, in dem die Milchkühe standen und die beiden Pferde Lene und Lotte. Hier war der Herrschaftsbereich von Hermann Jäger, dem Verwalter, und er duldete nicht, dass wir hier spielten, also mussten wir uns einschleichen, ohne dass er uns entdeckte.

Wenn ich darüber nachdenke, wie wir auf dem Heuboden gespielt haben, bin ich heute entsetzt und bekomme noch nachträglich Angst. Mitten durch die Heuladung, die von einer Wand zur anderen und bis unter die Decke reichte, haben wir uns unsere Kriechgänge gebohrt bis in eine Ecke des Stalls, wo unter einem Fenster das Heu nicht so dicht lagerte und wir uns eine Höhle bauen konnten. Hier waren wir vor Hermann sicher, denn er konnte uns durch unsere Gänge nicht folgen. Hierbei machten auch Elkes Vetter Peter Hartmann und sein Freund Thilo Wegner mit, und dieses Spiel ist wahrscheinlich auch von den beiden erfunden worden, denn auf so etwas Waghalsiges sind wir Mädchen nicht gekommen. Wie leicht hätten wir im Heu stecken bleiben und ersticken können! Aber Spaß gemacht hat es doch.

Nicht nur im Garten und Stall der Holländerei haben wir gespielt, sondern auch in dem großen Haus, das mit Hotel und Gasthaus vom Keller bis unters Dach für uns unendlich viele interessante Räume und Schlupfwinkel enthielt. Offizieller Treffpunkt der beiden kinderreichen Familien mit den Großeltern war am Sonntagnachmittag Zimmer 7, die kleine private Wohnstube, die in der Reihe der Gästezimmer mitgezählt wurde. Hier waren auch Freunde der Enkelkinder zugelassen, und hier durfte auch ich ein- und ausgehen. Neben der kleinen Wohnstube Zimmer 7 lag noch ein großer Raum, der im Hotelbetrieb als Esszimmer für Gäste genutzt, von der Familie privat aber an hohen Festtagen bewohnt wurde.

Hier stand Weihnachten der geschmückte Tannenbaum und, was für mich viel aufregender war, denn einen Weihnachtsbaum hatten wir ja auch, ein wunderbares Puppenkarussell, das sich automatisch zu einer Spieluhr drehte. Schon von Opa Hartnacks Großeltern soll es gestammt haben und war demnach uralt. Es war so groß, dass fünf oder sechs Kinder um es herumstehen und ganz nahe an den kunstvollen Figuren die Rundfahrt begucken konnten. Da gab es Pferde, von kleinen Jungen geritten, und Kutschen, in denen Mädchenpuppen mitfuhren. Aber auch ein Elefant bewegte sich an uns vorbei, auf dem ein dunkelhäutiger Tierführer saß, und in einiger Entfernung davon, denn hier musste ja ein anderes Klima herrschen, fuhr eine Schlittenkutsche, von Pferden gezogen. Autos oder andere Motorfahrzeuge gab es hier nicht, denn die waren noch nicht erfunden, als dieses Spielzeug entstanden ist. Dieser immer wiederkehrende Umzug verlief unter einem zeltartigen spitzen Karusselldach und war begleitet von leisen zartklingenden Glöckchenmelodien der Spieluhr. Mit der Weihnachtsgeschichte hatte die bunte Puppenwelt eigentlich nichts zu tun, da das Karussell aber nur zum Heiligen Abend und für die Festtage aufgebaut wurde, gehörte sie auf geheimnisvolle Weise doch zur Weihnachtsgeschichte dazu. Weihnachten in der Holländerei war also auch für uns Kinder der Nachbarschaft, in meiner Erinnerung vor allem Ruth Behnke und mich, ein besonders schönes Fest, aber auch im Alltag haben wir so manches in diesem großes Haus miterleben und nutzen dürfen.

So war uns erlaubt, mit den Kindern der Familie Kamphausen am Sonnabendnachmittag ein Badefest zu veranstalten. Wir durften in einer Waschküche im Keller in einer steinernen Wanne baden direkt neben einem kupfernen Waschkessel, in dem während der Woche die Hotelbettwäsche gekocht wurde. Unser Badewasser war vorher in einem mit Holz geheizten Badeofen erwärmt worden. Hier saßen wir dann zu mehreren Mädchen in der Wanne und schrubbten uns ab, natürlich mit großem Geplantsche, und nach uns stieg dann eine andere Besetzung in die Wanne, neues Wasser gab es nur, wenn es im Kessel des Badeofens schon wieder warm geworden war. Für mich war das sehr schön, denn meine Eltern hatten in dieser Zeit noch kein Badezimmer, und so brauchte ich nicht mehr in der Zinkwanne vorm Küchenherd zu baden. Auf eines mussten wir aber bald achten: Die Waschküche hatte zwei niedrige Fenster, die zwar über einem Fischbecken für Karpfen an der Außenwand lagen, durch die man aber, da keine Gardinen davor hingen, doch bis zu unserer Badewanne gucken konnte. Und bald hatten die Jungen aus der Nachbarschaft herausgefunden, wann wir Mädchen da nackend in der Waschküche zu sehen waren. Das brachte natürlich Ärger für uns, und wir haben versucht, mit Tüchern und Kleidern die Fenster zu verhängen, und schließlich sind sie dann wohl wieder abgezogen.

Unsere erlebnisreichen, aber meist unerlaubten Streifzüge durch das Hotelgebäude haben uns in fast alle Winkel des Hauses geführt. Vom Keller, wo die Küchen-, Wirtschafts- und Vorratsräume lagen, durchs Parterre mit der Privatwohnung, den Gaststuben und dem Saal ins erste Stockwerk, wo wir sogar manchmal in die während des Krieges meist unbewohnten Hotelgästezimmer geschlüpft sind, bis unters Dach, mit den Kammern für die Angestellten und Arbeiter.

Hier haben wir eines Tages während der Kriegszeit etwas entdeckt, was uns im ersten Augenblick fast unheimlich vorkam, dann aber sehr beschäftigt hat: Es stand dort ein aus Eisenplatten zusammengeschweißter klobig geformter Kinderwagen, und darin lag ein schlafendes Baby, friedlich atmend in sauberem Bettzeug. Die Eisenwände des Wagens waren innen mit weißem Flanelltuch beklebt, so dass alles gepflegt und ordentlich aussah. Aber wer war das Baby? Wir haben dann gefragt, wobei wir zugeben mussten, dass wir unerlaubt in den Dachkammern geschnüffelt hatten, und haben herausgefunden, welche traurige, aber auch tröstliche Geschichte dahinter steckte:

Eine der russischen Gefangenen, die in einem Lager bei Meldorf eingesperrt, tagsüber aber zu Zwangsarbeit in der Holländerei abkommandiert war, hatte in der Gefangenenbaracke ein Kind zur Welt gebracht. Ob der Vater des Kindes wirklich unser Serbokroatischer Kriegsgefangener Babic war, der bei meinem Vater in der Werkstatt arbeiten musste, hat man uns Kindern nicht so genau erklärt, jedenfalls hat der sich um Katja und ihr Baby gekümmert, und mein Vater hat ihm erlaubt, in der Schmiede diesen panzerähnlichen Kinderwagen zu bauen. Meine Mutter hat ihm das Bettzeug dafür geschenkt, so dass er ausreichend für einen Säugling eingerichtet war.

Und dann muss die Leitung des Gefangenenlagers ja auch ihre Einwilligung gegeben haben, dass das Kind tagsüber mit in der Holländerei war, so dass Katja in der Mansarde unter dem Dach ihr Baby stillen und betreuen konnte. Danach blieb es wieder allein, und so haben Elke und ich es nichtsahnend entdeckt und es zuerst wie ein kleines Wunder bestaunt. Einige Male haben wir noch unsere Besuche gemacht, das muss ganz kurz vor dem Kriegsende gewesen sein, denn eines Tages wurde das Lager von den englischen Besatzungssoldaten aufgelöst und die Gefangenen wieder in ihre Heimatländer entlassen. So war nur zu hoffen, dass das Kind wohlbehalten von seiner Mutter in ein richtiges Zuhause gebracht worden ist.

Hotelgäste und Besucher der Gaststätte hat es in der Zeit kurz vor und nach dem Kriegsende wohl nicht oder nur wenige mehr gegeben, denn alle Nahrungsmittel waren ja rationiert, das heißt, jeder Bürger bekam sie auf einer Lebensmittelkarte zugeteilt. Beim Einkaufen wurden vom Kaufmann Marken für Fett, Fleisch, Zucker und Mehl von der Karte abgeschnitten. „Ohne Marken" konnte man kaum etwas kaufen und auch nicht wie heute ins Restaurant gehen. In dieser ärmlichen Zeit haben Elke und ich eines Tages eine wunderbare Entdeckung gemacht, als wir, natürlich wieder unerlaubt, in einer kleinen Loge über dem Saal herumstöberten, in der früher bei Festlichkeiten eine Musikkapelle gesessen und zum Tanz aufgespielt hat. Hier fanden wir, verborgen hinter der Empore, einen großen Karton, der nur lose verschlossen war und der – oh Wunder! – fast bis oben hin mit einzeln verpackten Würfelzucker-Stückchen mit dem Aufdruck „Holländerei Meldorf" gefüllt war. Sie mussten aus der Zeit stammen, als hier noch regelmäßig Gäste bewirtet wurden. Ob die Musikempore mit Absicht als Versteck für diesen Vorrat gewählt war, oder ob er hier vergessen worden ist, haben wir nie herausbekommen, haben uns natürlich gehütet danach zu fragen und unser süßes Geheimnis für uns behalten. Ab und zu haben wir uns nun ein Zuckerstückchen genehmigt, ganz bescheiden jede nur eins zur Zeit, denn wir mussten ja vorsichtig sein, dass unser Mundraub nicht entdeckt wurde.

Nach Kriegsschluss kam wieder Leben in den Saal, allerdings zuerst ganz ungewohntes. Als die englischen Sieger des Krieges mit ihren Besatzungssoldaten in

Meldorf einzogen, suchten sie sich die schönsten Häuser der Stadt aus, beschlagnahmten sie und machten sie zu ihren Quartieren. Die Bewohner mussten innerhalb weniger Stunden das Haus räumen und die gesamte Möbeleinrichtung den Besatzungsoffizieren überlassen. Dabei durften sie nur das aus dem Haus mitnehmen, was jeweils eine Person mit den Händen tragen konnte, und mitzuhelfen war nur den Angehörigen erlaubt.

Familie Hartmann, Tochter und Schwiegersohn der Holländerei-Besitzer mit ihren fünf Kindern, war davon betroffen. Ihr Haus lag aber ganz in der Nähe, und so konnten sie in der kurzen erlaubten Zeit so viele Dinge abtransportieren, dass der lange Tisch in der Mitte des Saales der Holländerei bald dicht vollgestellt war mit den verschiedensten Dingen: Geschirr, Silberbestecke, Wäsche, Kleidungsstücke, Bücher, Spielsachen, Bilder, Fotoapparate und viele andere Sachen türmten sich hier. Freunde halfen und nahmen den Hartmanns ab, was sie fast im Trab laufend herbeischleppten. Am Ende konnten sie auf diese Weise eine ganze Menge kleiner Besitztümer in Sicherheit bringen. Auch die Familie musste natürlich in der Holländerei untergebracht werden. Sie lebte jetzt hier wie viele Flüchtlinge in dieser Zeit auf engem Raum und behelfsmäßig eingerichtet. Ich weiß nicht mehr, wie lange die Besetzung ihres Hauses durch englische Soldaten gedauert hat, am Ende haben sie es aber einigermaßen in Ordnung zurückbekommen.

Es hat auch Wohnungen gegeben, die demoliert und verwüstet waren, als die Engländer sie verlassen hatten.

In meinem Elternhaus hat in der Wohnung unserer Mieterin Frau Schukowsky für kurze Zeit auch ein Soldat gewohnt. Der benahm sich ausgesprochen rücksichtsvoll und freundlich und hat mir einmal ein Stück Schokolade geschenkt.

Auch bei Heinrichs war ein englischer Soldat einquartiert, ein ganz junger Mann, der umgänglich und zurückhaltend war. Er hatte einen Fotoapparat bei sich, so etwas durften deutsche Bürger damals offiziell gar nicht mehr besitzen. Der Besatzungssoldat konnte aber beliebig Aufnahmen machen, um zu Hause vorzuzeigen, bei welchen Menschen er untergebracht war, wir waren ja jetzt keine Feinde mehr. Eine etwas unangenehme Erinnerung habe ich allerdings dabei. Der Soldat wollte uns kleine Mädchen, Elke Heinrich und mich, im Garten fotografieren. Dazu setzte er Elke in einen Liegestuhl und gab ihr, die doch erst zehn Jahre alt war, eine Zigarette in die Hand, die sie auch annahm und – unangeraucht – an den Mund führte. Ich schämte mich richtig für Elke, dass sie das mit sich machen ließ. So mussten in England die Angehörigen ja denken, dass in Deutschland kleine Mädchen sich von Besatzungssoldaten zum Rauchen verführen lassen.

Der Saal der Holländerei wurde etwas später dann auch Schauplatz für die Entlassung von Soldaten der besiegten deutschen Wehrmacht.

In Kolonnen marschierende Soldaten gehören zu meinen frühesten Erinnerungen. Während des Krieges zogen sie Marschlieder singend an unserem Haus vorbei. Durch den Gesang war der Takt für ihre einheitlichen Schritte vorgegeben, und das klang begeisternd, jedenfalls für uns Kinder. Uns war ja nicht bewusst, dass diese Soldaten in den Kampf an einer entfernten Front abkommandiert waren. Zu Liedern lässt sich leichter marschieren, das haben wir später als Schüler auf Wanderungen selbst ausprobiert, und von diesen singenden Soldaten ging in der Kriegszeit etwas Hoffnungsvolles aus.

Nach dem Kriegsende marschierten wieder deutsche Soldaten in Meldorf ein, diesmal zu ihrer Entlassung aus dem Heer, auch diszipliniert und ordentlich, aber ohne Gesang. Jetzt standen wir mit unseren Müttern und Freunden am Straßenrand, um den müden Marschierern eine Erfrischung zu reichen, kalten Kornkaffee, Saft oder auch nur Wasser aus Kübeln und Töpfen, die wir am Fußsteig aufgestellt hatten. Dabei durften die Soldaten aber nicht stehen bleiben und aus dem Gleichschritt geraten, also mussten wir mit dem Trinkbecher in der Hand schnell neben ihnen herlaufen, und wenn der Becher ausgetrunken war, zurückgehen zu unserem Vorratstopf.

Noch eine andere Szene gehört zu diesen Erinnerungen, denn auch die gefangenen feindlichen Soldaten wurden in einer geschlossenen Kolonne an unserem Haus vorbeigeführt. Sie sangen nicht, sie marschierten auch nicht im Gleichschritt. Einige, die vorbeischlurften, sahen abgerissen und entkräftet aus, und einer von ihnen hat sich tatsächlich im Weitergehen nach einem Kohlblatt gebückt, das von einem Erntewagen heruntergefallen war.

Er hat es vor Hunger gierig aufgegessen. Als gefangene Feinde waren sie bisher nicht gut behandelt worden.

Nun zurück zu den deutschen Soldaten, die am Kriegsende zur Entlassung in die Holländerei geführt wurden. Sie waren zunächst von den Engländern im Gefangenenlager gesammelt worden, und wenn sie sich nicht noch vor einem Militärgericht verantworten mussten, wurden sie hier ordnungsgemäß aus der Wehrmacht entlassen und nach Hause geschickt. So verwandelte sich der Saal der Holländerei in ein Wehrmachtsbüro. Damit der kostbare Parkettfußboden, auf dem früher getanzt worden war, nicht beschädigt wurde, hatte man lange Bretter als Laufstege daraufgelegt, auf denen die Landser mit ihrem abgerissenen klobigen Schuhwerk in Reihen am langen Tisch entlang schlurften.

Ihre militärischen Abzeichen wurden von den Uniformen getrennt, und die Soldbücher, das waren die Ausweise der Soldaten, mussten abgegeben werden. Damit sind die Beauftragten, die diese Entlassung vorzunehmen hatten, offenbar nicht sehr sorgfältig umgegangen, denn ich erinnere mich, dass Elke und ich auf der Weide neben dem Tennisplatz, wo die Soldaten in Zelten kampieren mussten, eine große Blechtonne entdeckten, in der die militärischen Orden und Ehrenzeichen zum Verbrennen gesammelt wurden. Wir schafften es, einmal vorher darin zu wühlen und beguckten uns, was den Soldaten abgenommen worden war. Mehr als militärische Abzeichen, deren Bedeutung wir sowieso nicht kannten, haben uns die persönlichen Fotos beeindruckt, die auch mit vernichtet werden sollten. Da sahen wir Bilder von jungen Frauen mit Babys auf dem Arm oder mit mehreren kleinen Kindern und waren gerührt davon, weil wir das Gefühl hatten, unerlaubt in eine Familie einzudringen. Diese Aufnahmen gehörten einem uns unbekannten Menschen, und wir hatten das Gefühl hier zu stören.

Nachdem die Entlassung der deutschen Soldaten aus der Wehrmacht, die gleichzeitig an mehreren Orten Schleswig-Holsteins stattfand, in der Holländerei abgeschlossen war, kehrte hier wieder Ruhe ein. Es konnte aufgeräumt werden, und ganz allmählich begann wieder der Hotelbetrieb.

Ein Stammgast des Hauses, der Vertreter der Landmaschinenfirma Lanz, der zu meinem Vater kam, wurde zunächst noch so versorgt, dass er sich eine Mahlzeit direkt aus der Hotelküche abholen konnte. Herr Steen kam dann mit dem „Henkelmann" der Holländerei, einem Blechtopf in mehreren Etagen, zu uns ins Haus, um mit uns am Mittagstisch sein Essen einzunehmen. Das war noch in der Zeit, als Lebensmittel nur auf Marken zu kaufen waren. Wenn Herr Steen manchmal auch zum Abendbrot bei uns war, sagte er immer höflich und witzig: „Darf ich mal Ihre Butter benutzen?"

AUSFAHRTEN

Heute ist es fast selbstverständlich, dass jede Familie ein Auto besitzt und dass wir damit reisen, wenn wir nicht per ICE oder Flugzeug unterwegs sind. Das war in meiner Kindheit ganz anders. Wir hatten kein Auto und auch die Eltern aller meiner Freunde nicht. Bei uns auf dem Lande war das Pferdegespann noch das wichtigste Verkehrsmittel, Pferd und Bauernwagen zum Transportieren der Ernte, das heißt von Getreidegarben, Kohl oder Steckrüben, und Pferd und Kutsche für Leute, die im Dorf auf einem Bauernhof lebten und zum Einkaufen oder um Besuch in unsere kleine Stadt fuhren.

Ich denke dabei besonders an ein befreundetes Ehepaar aus dem Christianskoog, Otto und Emma Huesmann. Sie bauten auf ihrem Hof vor allem Kohl an, den sie für die Weiterverarbeitung zu Sauerkraut bei der Meldorfer Kohlfabrik ablieferten. Wenn Otto Huesmann hoch oben auf Kohlköpfen im Erntewagen thronend, langsam von seinen Pferden an unserem Haus vorbeigezogen wurde, konnte es vorkommen, dass meine Mutter, die vielleicht noch nicht wusste, was sie zum Mittagessen kochen sollte, ihm zurief: „Otto, schmiet mol een doal!"

Sonntags aber fuhren die Huesmanns mit einer Kutsche nach Meldorf. Ich erinnere mich, dass ihr Sohn Ernst August nach seiner Konfirmation im Meldorfer Dom fröhlich winkend an uns vorbei kutschierte in einem ganz besonderen Gefährt, der „Gouverness-Karre". Das war ein kleiner, gut gefederter, tonnenförmiger offener Wagen mit nur zwei Rädern, die aber hatten Gummireifen, so dass die Fahrt sehr weich und ohne Gerumpel verlief. Gouverness heißt Frau des Gouverneurs, und das war ein Gutsverwalter. Landwirtschaftliche Güter gab es in Dithmarschen nicht, aber Huesmanns, die damals zu den größeren Bauern unserer Gegend gehörten, hatten eben so eine Kutsche. Als kleines Mädchen habe ich nie richtig die Bezeichnung dafür verstanden, und solange es sie für mich gab, habe ich sie „Bubinesskarre" genannt.

Da mein Vater damals noch kein Auto hatte und wir manchmal am Sonntag unabhängig von der Eisenbahn meine Oma Wierk im 12 km entfernten Dorf St. Michaelisdonn besuchen wollten, bekamen wir die Bubinesskarre mit dem Pferd, das ja von meinem Vater beschlagen worden war, für diese Ausflüge geliehen. In guter Erinnerung habe ich die Rückfahrten bei Dunkelheit. Wir saßen zu dritt, Vater, Mutter und Kind, in Decken gehüllt und wohlgeborgen in unserer Tonne. Mein Vater hatte zwar die Zügel für das Pferd locker in der Hand, aber er musste es nicht lenken, das kluge Tier kannte den Weg, den es am Tage gelaufen war, und trabte in beruhigendem Gleichschritt mit uns nach Hause. Gelegentlich konnten wir ein wohliges Pferdeschnaufen hören, und es kam auch vor, dass im Takt des Laufschrittes einige Pferdeäpfel vor unseren Augen aus dem Pferdehintern ausgestoßen wurden und auf die Straße fielen. Äpfel werden die Kotstücke genannt, weil sie etwa diese Form haben.

Eine etwas feinere Kutsche, nämlich eine mit vier Rädern und zwei sich gegenüberliegenden Sitzbänken hatte Opa Hartnack von der Holländerei. Gezogen wurde sie von den beiden Pferden Lene und Lotte. Jedes mal wenn er damit zu seinen Bienenkörben nach Albersdorf fuhr, lud er seine Enkelkinder und Freunde ein, ihn zu begleiten. Es kam mit, wer dann zufällig in seiner Nähe war, und der hörte es wie ein Zauberwort, wenn es hieß: „Ausfahren mit Opa Hartnack". Ich durfte auch gelegentlich mitfahren und habe nicht nur die schöne Kutschfahrt genossen, sondern auch die Erzählungen von Opa Hartnack. Er war ein weiser alter Mann, der viel wusste nicht nur über das Verhalten der Bienen, die wir dann aufsuchten, sondern auch über die Landschaft, durch die wir fuhren. Er kannte Geschichten aus Zeiten, die er selbst auch nicht miterlebt hatte, und hat sicher manchmal auch etwas dazu erfunden. „Er hat getünt", würden die Erwachsenen sagen, aber wir haben das gerne gehört.

Aus der Anfangszeit der Holländerei gab es noch eine Kutsche, die außer Betrieb praktisch wie ein Museumsstück im Garten von Familie Hartmann stand. Sie war, als es noch keine Autos gab, wie ein Taxi von der Holländerei zum Bahnhof gefahren, um dort Hotelgäste vom Zug abzuholen. Diese Kutsche, auch ein Zweispänner, war rundum geschlossen und wie eine Hütte gebaut, vor der auf dem Kutschbock der Kutscher saß. Sie hatte zwei verglaste Fenster links und rechts neben der Tür, so dass die Fahrgäste unterwegs hinausgucken konnten. Der Kutschkasten war über den vier Rädern so hoch angebracht, dass man über einen kleinen Tritt einsteigen musste, der während der Fahrt hochgeklappt war. Diese Kutsche war noch völlig erhalten. Da sie in unserer Zeit aber nicht mehr genutzt wurde, durften die Hartmann-Kinder darin spielen, und sie wohnten darin wie in einem Puppenhaus. Die Fenster hatten Gardinen, und die Tür konnte abgeschlossen werden, so dass die Spielsachen und Puppen darin bleiben konnten.

Noch eine Kutsche gab es in meiner Kindheit, die bei Ausfahrten eine Rolle spielte, das war die von Dosche Horn (auf Hochdeutsch: Dorothea). Ihr Vater hatte einmal ein Fuhrgeschäft in Meldorf gehabt, das heißt, man konnte bei ihm Pferdegespanne für Transporte aller Art mieten. Nach seinem Tod hatte seine unverheiratete Tochter das Geschäft übernommen. In meiner Kindheit unterhielt sie im Sommer einen regelmäßigen Fuhrbetrieb, wenn sie zur Flutzeit mit ihrem Badewagen zum Hafen fuhr. Das war eine kastenartige überdachte Kutsche mit offenen Seiten, an denen zwei lange Sitzbänke sich gegenüber lagen. 10-12 Personen konnten darin mitfahren, und bei schönem Badewetter war die Kutsche auch voll besetzt, denn wer kein Fahrrad besaß, hätte sonst den 2 km langen mühsamen Weg zum Meldorfer Hafen zu Fuß gehen müssen. Ich bin nicht sicher, meine aber, 30 Reichspfennig hat die Fahrt damals gekostet, da hatten wir aber noch eine andere Währung, nämlich die Deutsche Reichsmark. Dosche Horn vermietete auch Ausfahrkutschen. Als wir einmal Besuch hatten von Freunden meiner Mutter und Platz für fünf Personen brauchten, haben wir eine offene Kutsche gemietet und sind damit nach Büsum gefahren.

Wenn das Pferd ruhig war und seine Fahrgäste kannte, war es nicht schwer, eine Kutsche zu lenken, auch ich konnte das als kleines Mädchen, aber an eine etwas heikle Situation erinnere ich mich doch: Ein Bauer hielt mit Pferd und Wagen vor unserer Schmiede und wollte etwas mit meinem Vater besprechen. Da ich gerade in der Nähe war, wurde ich aufgefordert: „Steig da mal rauf und pass auf, dass das Pferd nicht losläuft!" Eine kurze Zeit lang ging das auch gut, aber dann dauerte es dem Tier wohl zu lange, und es setzte sich zunächst langsam in Bewegung auf der Straße nach Hause. Ich habe natürlich sofort die Zügel ergriffen und stramm gezogen, auch so laut, wie ich konnte, „Brrrrrrrr!" dazu gerufen, aber das Pferd wollte nicht auf mich hören und verfiel sogar in einen leichten Trab. Schließlich habe ich es aber doch irgendwie geschafft, den Wagen wieder auf den Platz vor der Schmiede zu lenken, wo wir von dem lachenden Bauern wieder empfangen wurden. Der wusste sicher, dass er mich mit dem gutartigen Pferd allein lassen konnte, und es ist nicht meiner Wagenlenkerkunst zu verdanken, dass ich wohlbehalten zurückgekehrt bin, sondern der natürlichen Klugheit und Geduld des Tieres.

Pferde waren damals die treuesten Mitarbeiter nicht nur des Bauern in der Landwirtschaft. Der Milchwagen von Milchmann Krönke wurde von Pferden gezogen und auch der „Schokoladenwagen", auf dem die Klo-Eimer von unseren Toiletten abgeholt wurden, bevor in den Häusern Spülklosetts eingebaut worden sind.

Aber auch das habe ich als Kind miterlebt, dass Pferde für den Krieg vorbereitet wurden. Vor dem Sommerfeldzug nach Russland 1942 kamen Hunderte von jungen Pferden aus der Region auf unseren Schmiedevorplatz, wurden von meinem Vater und seinen Gesellen beschlagen und bekamen eine Marke ins Fell auf den Hinterlauf gebrannt, um als Remonten, das heißt, als Militärpferde, in den Krieg zu ziehen. Für mich war das ein aufregendes Schauspiel, so viele Pferde hatte ich noch nie zusammen gesehen. Was ihnen bevorstand, habe ich natürlich nicht geahnt, sie sind alle auf den Schlachtfeldern umgekommen, gefallen wie die Soldaten, die sie geritten haben.

Natürlich gab es die Eisenbahn, für mich die bekannteste Strecke war die Fahrt zu meiner Oma Wierk nach St. Michaelisdonn. Zwei Stationen waren das von Meldorf, und der Zug hielt vorher in Windbergen. Die kleine Fahrkarte aus brauner Pappe wurde von einem Schaffner gelocht, bevor man auf den Bahnsteig gehen durfte, und wer nur einen Gast zum Zug bringen wollte, musste sich eine Bahnsteigkarte kaufen. Ohne die „Sperre" zu passieren, an der ein Bahnbeamter saß, kam man also nicht auf den Bahnsteig. Der war gegen die Straße mit einem besonderen Zaun abgegrenzt, an dem ein Spruchband hing, das ich mir jedes mal begucken musste, wenn ich auf die schnaufende Dampflokomotive wartete. Der Rhythmus des Satzes hat sich schnell eingeprägt, bevor ich den Sinn und die Bedeutung verstanden hatte: „Räder müssen rollen für den Sieg!" Das war Kriegspropaganda, die uns auch im Alltag und bei unseren friedlichen Reiseunternehmungen begleitete.

Eine längere Reise habe ich als Kind nur zu meinen Großeltern nach Lünen gemacht. Das war schon sehr aufregend, denn wir mussten zweimal umsteigen, einmal in Hamburg und einmal in Münster. Die letzte Fahrt vor dem Kriegsende war auch darum so schwierig, weil die Züge überfüllt waren von Flüchtlingen, Menschen, die durch den Krieg vertrieben waren oder ihre Wohnungen verloren hatten. Viel zu viele Fahrgäste drängten sich in den teilweise von Bombenangriffen beschädigten Abteilen. Ich erinnere mich, dass ich damals vor einer zerbrochenen Zugfensterscheibe gesessen habe und dabei noch froh sein konnte, dass ich mit meiner Mutter überhaupt einen Platz im Zug bekommen hatte.

Wir hatten damals diese gefährliche Reise nur darum unternommen, weil meine Mutter sich um ihre Eltern Sorgen machte, die ihren Sohn verloren hatten, meinen Onkel Otto, der im Krieg als Soldat gefallen war. Es war wohl auf der Rückfahrt dieser Reise, als ich tatsächlich durch ein Abteilfenster meiner Mutter in den Zug gereicht wurde von meinem Opa, weil das Gedränge beim Einsteigen so groß war, dass ich kleine Person da nicht ohne Gefahr mitgehen konnte. Auch ein kleiner zusammengerollter Teppich wurde noch hineingeschoben, den meine Mutter aus der Wohnungseinrichtung ihrer Eltern geschenkt bekommen hatte, so etwas konnte man damals nicht kaufen. Zugfahren in der Kriegszeit war ein Abenteuer, aber ein beschwerliches und sogar gefährliches.

Ganz ohne Motorisierung habe ich meine Kindheit aber doch nicht verbracht, denn mein Vater war stolzer Besitzer eines Motorrades. Er hatte es schon, als er noch nicht verheiratet war und um meine Mutter warb. Aus dieser Zeit gibt es ein Foto, auf dem meine Mutter allein auf der Maschine sitzt mit Mütze und hochgeschobener Motorradbrille. Zu dem Bild wurde später erzählt, sie habe auch tatsächlich das Motorrad fahren können, aber das tat sie wohl nur aus Spaß und zum Vergnügen. Später war es für meinen Vater als Berufsfahrzeug unentbehrlich, er fuhr damit zu den Bauern aufs Feld, wenn er zur Reparatur einer Erntemaschine gerufen wurde.

Manchmal durfte ich mitfahren, und ich saß dann ganz sicher und geborgen auf dem Tank zwischen seinen starken Armen, die das Motorrad steuerten. Auch meine Freundin Elke durfte mitfahren, wenn sie gerade bei mir war zum Spielen, so wie ich bei ihrem Opa mit in die Kutsche einsteigen durfte. Wenn wir zu zweit zwischen den schützenden Armen eng hintereinander auf dem Tank saßen, hatte Elke mich umklammert, und ich saß vor dem Bauch meines Vaters, das Gesicht ihm zugewandt. Am Ziel oder zu Hause angekommen, rief er dann jedes mal: „Endstation, alle aussteigen!" Erst mit diesem Ruf war die Fahrt wirklich zu Ende.

Auf den Erntefeldern hatte mein Vater meistens die „Selbstbinder" zu reparieren, eine Maschine, die die Getreidehalme kurz über dem Erdboden abschneidet und sie dann mit einem Bindegarnfaden zu einem Bündel zusammenknotet. Dieser „Knütter" war oft kaputt, und er musste auf dem Feld während der Erntearbeit in Ordnung gebracht werden. Gezogen wurde der Selbstbinder nur noch selten von Pferden, meistens war ein Trecker davor gespannt. Da kam es dann auch vor, dass ich ihn mit Standgas vorsichtig steuern musste, während mein Vater mit dem Bauern die Maschine beobachtete.

HUNDE

Heute noch kann ich genau die Hunde beschreiben, die ich in meiner Kindheit gekannt habe. Sie trugen alle adelige Namen. Es waren:

Bobby von Thede
Lumpi von Hansen
Waldmann von Heinrich und
Kyon von Heesch

Bobby war der Hund unserer an der Straße gegenüber wohnenden Nachbarn Thede. Er war kein Rassetier, unter seinen Vorfahren war aber sicher ein Dackel, denn damit konnte man ihn vergleichen. Bobby war fast so gut wie ein Wachhund, auf dem Hof vor dem Haus führte er die Aufsicht, und wenn jemand das Grundstück betrat, der ihm fremd war oder ihm sonst irgendwie nicht passte, konnte er laut bellend auf ihn zuspringen und ihn womöglich vertreiben. Mich hat er zum Glück als Nachbarin anerkannt, er ließ mich vorbei, wenn ich Frau Thede, unsere Waschfrau besuchen wollte, aber ganz geheuer war er mir nicht, ich habe immer Angst vor bellenden Hunden gehabt.

Noch schlimmer war das mit Lumpi von Hansen, auch er eine Promenadenmischung, kurzbeinig und mopsig mit schwarzem struppigem Fell. Tante Anne Hansen, eine Schneiderin, besuchte ich manchmal, aber es war immer eine Angstpartie, weil Lumpi jeden Menschen ankläffte, der in die Wohnung kam, auch wenn er so

harmlos war wie ich. Tante Erna, die Schwester von Anne, sperrte ihn dann zu meiner Beruhigung in die Küche
ein, erst dann wagte ich einzutreten.

Ein auch bei mir beliebter Hund war Waldmann, ein
reinrassiger Kurzhaardackel, der eine besondere Lebensgeschichte hatte, bevor er in die Familie unseres Nachbarn Heinrich geriet. Herr Heinrich, vor dem Krieg Lehrer von Beruf, war Soldat und kam von der Front auf
Heimaturlaub nach Hause zu seiner Frau und den Kindern Ernst und Elke. Es kann Weihnachten 1942 gewesen
sein, da meldete er sich, bevor er zu seiner Familie ging,
zuerst bei meinem Vater mit einer Bitte: Er hatte einen
Hund mitgebracht, den seine Kinder zur Weihnachtsbescherung bekommen sollten. Da es aber noch zwei Tage
vor Heiligabend war, musste das Tier noch verborgen
gehalten werden, und Herr Heinrich meinte, das gehe
wohl in unserem Haus, wo seine Kinder es nicht bemer-
ken würden. Mein Vater hat dann ein Versteck für den
Hund im hinteren Teil der Werkstatt eingerichtet mit
einem Körbchen und genügend Bewegungsfreiheit, aber
auch gut gesichert, dass er nicht weglaufen konnte. Ich
war in das Geheimnis eingeweiht und habe das liebe
Tier, das ganz verängstigt wirkte, zwei Tage lang gefüttert und gut versorgt. Und dann haben wir seine Geschichte erfahren:

Der Dackel hatte einem deutschen Offizier gehört, der
bei Kämpfen im Krieg gefallen war und der von seinen
Kameraden unter einem Grabhügel mit Kreuz beerdigt
worden war. Das muss das Tier beobachtet haben, denn

als die Soldaten die Grabstätte verlassen hatten, legte es sich neben den Hügel, wohl aus Anhänglichkeit und Heimweh nach seinem Herrn. Mit Worten war er nicht wegzulocken und hätte noch lange auf den Verschwundenen gewartet, wenn Herr Heinrich ihn nicht liebevoll weggetragen und getröstet hätte, wie man ein Tier tröstet, das nicht denken und sprechen kann wie ein Mensch, aber doch traurig ist und Abschiedsschmerz leidet. Nach der Weihnachtsbescherung hat Waldmann noch mehrere Jahre in der Familie Heinrich gelebt. Waldmann schmuste gerne mit uns Kindern und machte geduldig die Späße mit, die wir mit ihm vorhatten. Für den Zirkus wurde er doch sogar mit einer Nummer dressiert: „Mach hübsch!" Dann setzte er sich auf die Hinterpfoten, richtete sich auf und ließ die Vorderpfoten auf seine Hundebrust hängen, als wollte er „Bitte, bitte!" sagen. Zur Belohnung bekam er dann irgend etwas für ihn Leckeres. Und wenn ihm unsere Späße zuviel wurden, trabte er ein bisschen beleidigt, aber ohne ein Wort zu sagen, das heißt zu bellen oder gar zu knurren, auf und davon. Waldmann war ein sehr lieber Hund.

Und dann gab es in der Nachbarschaft noch Kyon von Heesch. Er war von Gestalt der größte, ein brauner Jagdhund, ein treuer Gefährte seines Herrn bei der Jägerei. Sein Name ist griechisch und heißt schlicht „Hund", aber er war ein edles reinrassiges Tier, das bei einem Tierzüchterwettbewerb sogar einmal einen Preis bekommen hat, er wurde „Zonensieger", der beste Jagdhund seiner Rasse „Hühnerhund" in der englischen Besatzungszone. Willy Heesch und Kyon, Herr und Hund, haben sich sehr gemocht, waren die besten Freunde, und trotzdem hat Kyons Leben ein trauriges Ende genommen. Er wurde sehr alt, man sagt, ein Hundejahr entspreche sieben Menschenjahren, und demnach war Kyon 90, als er krank und schwach wurde und darum nicht mehr jagen konnte. Sein Herr hat es gut mit ihm gemeint und wollte ihm ein langes schmerzhaftes Leiden ersparen, darum hat er ihn noch einmal mit auf die Jagd genommen, um ihm hier draußen in der Natur einen Gnadenschuss zu geben. Das hat er auch wirklich getan, aber Willy Heesch kam selbst wie ein kranker und tieftrauriger Mann wieder nach Hause. Er hatte mit dem ersten Schuss das Tier noch nicht getötet, weil er vor Aufregung nicht richtig getroffen hatte. Darauf habe Kyon, so erzählte Willy Heesch, ihn mit so entsetzten und traurig fragenden Augen angesehen, als habe er sagen wollen: „Wie kannst du mir das antun?" Sein Herr hat noch lange um ihn getrauert, und wenn er von Kyon sprach, sagte er, niemals hätte er ein so treues Tier töten dürfen, auch wenn er ihn damit vor einem jammervollen Lebensende bewahren wollte.

MODE

In der Kriegszeit gab es in den Bekleidungsgeschäften zwar sehr wenig zu kaufen und gegen Ende des Krieges fast nichts mehr, aber eine Mode gab es trotzdem, und die wurde bestimmt durch das, was gerade zu bekommen war an Stoff und Materialien und vor allem durch die Kunstfertigkeit der Schneiderinnen. So waren Kleider beliebt, die aus den Stoffen verschiedener abgetragener Sachen zusammengesetzt und mit handgearbeiteten Stickereien reich verziert waren. Aus zwei mach eins war der Schnittmusterbogen dazu überschrieben.

Meine Oma Wierk in St. Michaelisdonn bekam während des Krieges auf Bezugschein einen Wintermantel aus Webpelz, schwarz mit eingewebten kurzen Löckchen, der von weitem aussah wie ein Persianer. Sie war sehr glücklich darüber, weil er gut wärmte und auch noch schick war. In unserer Familie gab es dazu das geflügelte Wort „geit ja nix öwer Krimmer", so hieß diese Webart.

Elke Kamphausen hatte als Sonntagskleid ein „gesmoktes" Hängerchen. Beim Smoken wird der Stoff in sehr enge Falten gelegt, die mit einzelnen Stichen so abgenäht sind, dass kleine aufrechte Rauten entstehen. Ich hatte auch schöne Sonntagskleider. Ein korallenrotes wollenes hat Schneidermeisterin Tante Hanny, die Freundin meiner Mutter mir genäht aus dem Stoff, den mein Onkel Hermann Wierk mir und meinen drei Cousinen vom Kriegsfeldzug aus Frankreich mitgebracht hatte.

Das Kleid von Onkel Hermann

Da er durch vier geteilt werden musste, blieb für mich nur noch Stoff für ein schmales Hängerchen, aber Tante Hanny hat es so hübsch verziert mit einer bestickten Passe und gehäkelten Glöckchen an den Bändern, die den kleinen Stehkragen zusammenhielten, dass ich überzeugt war, ich hatte das schönste Modell im Vergleich zu meinen Cousinen. Ein anderes Kleid hatte nur ich. Es war aus weißem Voile mit rot-blauer Stickerei, wie sie in Bulgarien typisch ist. Mein Onkel Otto Rothstein hat es mir mitgebracht, bevor er auf den Russlandfeldzug gegangen ist, von dem ist er nicht mehr zurückgekehrt. Es war also das letzte, bevor er in Stalingrad gefallen ist.

Kurz nach dem Krieg hatten meine Freundin Elke und ich gleiche Kleider aus handgewebtem Stoff, weil unsere Väter Beziehungen hatten zu den Museumswerkstätten, wo diese Stoffe gewebt wurden, Elkes Vater als Museumsdirektor, mein Vater als Handwerker. So konnten wir uns verabreden, dass unsere Wollkleider mit bunter Webebordüre nach demselben Schnittmuster gearbeitet wurden, nur verschiedene Farben hatten wir, Elke blau und ich rot. Knöpfe gab es damals im Geschäft noch nicht zu kaufen. So sind unsere Eltern auf eine andere Lösung gekommen und haben uns von Goldschmied Möller echt silberne hämmern lassen. Nun sahen unsere Kleider fast ein bisschen nach Uniform aus, und wir haben uns ganz stolz gemeinsam darin fotografieren lassen.

Das bulgarische Kleid

Natürlich wurde auch selbst gestrickt von den jungen
Mädchen, den Müttern und Großmüttern mit den kunst-
vollsten Strickmustern. Die Wolle dazu konnte man aber
nicht im Geschäft kaufen und wie heute aus unendlich
vielen Qualitäten und Farben aussuchen, sondern es
wurde die Wolle verarbeitet, die den Schafen am Deich
als Fell gewachsen war. Das bedeutete ja auch, dass sie
zunächst einmal gesponnen werden musste, bevor der
recht dicke Faden dann verstrickt werden konnte. Diese
Wolle war nicht weich, sondern sie kratzte, aber wenn
man etwas Schützendes darunter zog, wärmte ein Pullover aus Schafwolle sehr gut. Verschiedene Farben gab es
nicht, die Wolle war schwer zu färben. Eine Abwechse-
lung gab es nur dadurch, dass auch Wolle von braunen
Schafen verarbeitet wurde. Meine erste eigene Strickar-
beit im Handarbeitsunterricht der Sexta war eine wollene
Unterhose, die über dem Schlüpfer getragen wurde. Ich
habe sie mehrere Jahre im Winter anziehen müssen.

Um sich Schafwolle zu beschaffen, musste man Beziehungen zu Bauern oder Schäfern haben, aber es gab auch eine Möglichkeit Wolle zu sammeln, die nicht bei der Schafschur dem Tier abgeschnitten wurde. Die Schafe wurden auf dem Deich oder auf der Weide in einem mit Stacheldraht eingezäunten Gebiet gehalten, und wenn sie mit ihrem dicken Schaffell an den spitzen Stacheln des Drahtzaunes entlang zogen, blieb oft etwas von ihren zottigen Haaren hängen. Diese Wolle von den Zäunen durfte abgezupft werden, ohne dass der Besitzer der Tiere gefragt worden musste. Das war mühsam, aber brachte am Ende doch genug zum Spinnen. Ich kenne eine sehr geschickte Flüchtlingsfrau, die daraus einen schönen Pullover gestrickt hat.

Eine ganz besondere und einmalige Mode entstand unmittelbar nach dem Kriegsende. Alle kleinen Mädchen meiner Bekanntschaft trugen plötzlich auffallend ähnliche Modell-Kleidchen, einen roten Trägerrock mit weißer Bluse. Für mich war es das Sonntagskleid im Sommer 1945. Das Geheimnis, woher in dieser schlechten Zeit so schöne Stoffe stammten, war bald in aller Munde: es wurde das rote Tuch der Hakenkreuzfahne verarbeitet, die während der Nazi-Zeit bei vielen offiziellen Anlässen aufgezogen werden musste und jetzt natürlich verboten war. Das schwarze Hakenkreuz auf rundem weißem Untergrund, das in der Mitte des Fahnentuches aufgesteppt war, wurde abgetrennt, und man hatte ein großes Stück roten Stoff, das allerdings auch ausgeblichen sein konnte, wenn es zu oft bei jedem Wetter draußen gehangen hatte. Und die Seidenblusen? Sie waren aus Fallschirmseide geschneidert, die in Meldorf kostenlos zu haben war, nachdem ein englischer Kampfflieger von der Flak abgeschossen worden war und sein Leben mit einem Fallschirmsprung retten konnte. So ein Fallschirm bestand aus vielen, vielen Quadratmetern Seide. Es wurden nicht nur Kinderblüschen daraus genäht, sondern von jungen Frauen auch Kleider mit dem damals beliebten Glockenrock, verziert mit selbstentworfenen Stickereien.

Schuhzeug zu kaufen, wurde gegen Kriegsende immer schwieriger. Unvorstellbar war es, wie heute in das Schuhgeschäft zu gehen und sich aus den unendlich vielen Angeboten das schönste Modell auszusuchen. Als Handwerkertochter war ich noch ganz gut dran, denn mein Vater hatte Beziehungen zu einem Schuhmachermeister und hat mir von ihm ein Paar Stiefel in Handarbeit anfertigen lassen. Das war damals ein Schatz, mein einziges Paar fester Schuhe, ich musste es aber auch so lange tragen, bis ich herausgewachsen war.

Ein kleiner Unfall ist mir mit diesen Stiefeln passiert: beim Brennholzhacken ist mir die Axt ausgerutscht und in das Oberleder gefallen, wo sie einen Schlitz hineingeschnitten hat. Natürlich musste ich nicht Holz hacken, aber auf unserem Hof stand wie in vielen Haushaltungen ein Haublock, auf dem die Männer Holzkloben zu Brennholz klein hackten. Das wollte ich auch ausprobieren, und dabei habe ich meine schönen neuen Stiefel beschädigt, die nun an dieser Stelle nicht mehr wasserdicht waren.

Manche Leute halfen sich, wenn die Schuhe zu klein geworden waren, indem sie die vordere Kappe abschnitten, damit die Zehen wieder Platz hatten. Im Sommer war die Schuhknappheit kein Problem, dann liefen sehr viele Kinder barfuss, nicht nur aus Vergnügen und beim Spielen, sondern auch in der Schule. Solange es warm genug war, konnte man dagegen nichts einwenden, denn es galt als gesund und härtete ab. Aber es gab auch arme Leute, die im Winter kein Schuhzeug hatten und deren Kinder im Winter nicht in die Schule geschickt werden konnten oder auch bei Kälte barfuss liefen. Ich erinnere mich, dass ich die Kinder aus der armen Familie Brazceck im Winter ohne Schuhe und Strümpfe draußen habe laufen sehen.

Nach dem Krieg habe ich auf Bezugschein mein erstes Paar Sandalen bekommen, das ich todschick fand. Es waren Schuhe, bestehend aus einer keilförmigen Holzsohle, also mit kleinem Absatz, die im breiten vorderen Teil einmal durchgesägt und mit einem Stück Leder wieder zusammengenagelt war, so dass sie beim Gehen beweglich war. Dazu war ein breites Stück Leder so angenagelt, dass es nur den Spann des Fußes überdeckte. Die Zehen blieben frei, und die Hacke umspannte ein schmaler Lederriegel. Als Verzierung war auf das Oberleder ein kleines Dreieck genäht. Ich war über diese „Holzklapper" damals so glücklich, dass ich sie vor dem ersten Tragen abends mit ins Bett genommen habe.

Als nach dem Kriegsende die Läden leer waren und keine neuen Textilien mehr verkauft werden konnten, waren die Schaufenster trotzdem gefüllt mit vielen sehr unterschiedlichen Dingen, oft „Vorkriegsware", die in einer sogenannten Tauschzentrale angeboten wurden mit der Absicht, dafür etwas Gesuchtes einzutauschen. Da wurden z.B. von ehemals wohlhabenden Leuten Schmuckstücke angeboten, die gegen Nahrungsmittel getauscht werden sollten, oder etwa ein Pelzmantel gegen eine elektrische Kochplatte oder selbstgemachte Leberwurst in einem Weckglas (so hießen die Einmachgläser) gegen ein Paar Schuhe Größe 39. Es gab keine Vorschriften für die Tauschangebote. So konnte ein erstaunliches Sammelsurium zusammenkommen, und oft drängten sich die möglichen Kunden vor den Schaufenstern, um zu gucken, ob etwas Brauchbares für sie dabei war.

Von den modischen Frisuren ist noch zu erzählen. Solange die Haare noch zu kurz waren, trugen wir kleinen Mädchen einen Bubikopf. Dabei reichten die rundherum gerade abgeschnittenen Haare nur eben bis über die Ohren, und die längeren Haare auf dem Kopf wurden entweder seitlich zu einem kleinen Zopf geflochten und mit einer Haarschleife zusammengebunden oder mit einem Frisier -kämmchen zu einem Hahnenkamm gesteckt. Die Frisur wurde so genannt, weil die Haare wie bei einem Gockelhahn der Kamm als kleines Häubchen auf dem Kopf saßen.

Wenn die Haare lang genug gewachsen waren, haben alle Mädchen zwei Zöpfe getragen, die am Ende mit schönen Haarspangen oder auch mit Haarschleifen abgebunden waren. Wurden die Zöpfe über den Ohren zu Schlingen zusammengebunden, nannten wir das „Affenschaukeln", und wenn sie zusammengerollt eine Art Deckel auf den Ohren bildeten, „Schnecken". Auch die erwachsenen Frauen behielten oft ihre langen Haare, sie trugen aber nicht wie die Mädchen zwei Zöpfe, sondern steckten einen am Hinterkopf zu einem Nackenknoten zusammen. Meine Mutter hat auch lange ihre schönen dunklen Haare als Knoten getragen, wobei sie hinter den Ohren noch mit Kämmchen zu kleinen Seitenrollen aufgesteckt wurden.

Moderne junge Frauen ließen sich ihre Haare abschneiden und Dauerwellen in ihren Bubikopf legen. Beliebt war die Frisur „Innenrolle". Die manchmal schulterlangen Haare waren glatt nur bis kurz über den Spitzen, hier waren sie gleichmäßig in eine starke runde Endlocke nach innen gelegt. Auch bei dieser Frisur wurden die am Kinn beginnenden Lockenrollen mit Kämmchen über den Ohren festgesteckt.

In der Kriegszeit gab es die „Entwarnungsfrisur". Dazu muss man wissen, dass beim Herannahen von feindlichen Flugzeugen mit einer Sirene Fliegeralarm gegeben wurde zur Warnung vor Bombenangriffen. Dann mussten alle Menschen in den Luftschutzkeller oder Bunker gehen. War der Angriff vorbei, gab es Entwarnung, und alle gingen aus dem Keller oder Bunker wieder nach oben. Weil nun bei der modischen Frisur alle Haare nach oben gekämmt und auf dem Kopf mit Kämmchen zu einer Rolle gesteckt wurden, haben Leute sich einen Spaß daraus gemacht und sie Entwarnungsfrisur genannt, „alle nach oben", obwohl so ein Luftangriff natürlich nichts Spaßiges war.

Zur Haarmode muss ich auch noch von sehr unangenehmen Erfahrungen erzählen. Als am Ende des Krieges die vielen Flüchtlinge aus dem Osten in unser Land kamen, die oft wochenlang mit dem Schiff, der Eisenbahn oder mit ihrem „Treck"-Pferdegespann unterwegs waren ohne sich waschen und ihre Kleidung sauber halten zu können, brachten sie Ungeziefer mit, das sich dann überall unter der Bevölkerung verbreitete. Ich selbst habe zwar keine Flöhe gehabt, aber die Krätze, eine juckende Hautkrankheit, und vor allem die Läuse haben mich sehr gequält, die viele Menschen befallen hatten. In unserer Nachbarschaft gab es einen einzigen Staubkamm, der so feine Zinken hatte, dass beim Kämmen die Läuse darin hängen blieben. Dieser Kamm wurde von Haus zu Haus ausgeliehen. Auch ich bin damit behandelt worden, aber es war sehr mühsam, meine damals schon langen Zöpfe damit durchzukämmen, so dass radikalere Mittel angewendet werden mussten. In der Apotheke gab es eine lehmartige Paste zu kaufen, die auf die Kopfhaut gestrichen wurde, wobei natürlich auch das Haar völlig verschmiert war. Ein Handtuch wurde als Turban darum gebunden, und diese Prozedur musste ich einige Stunden aushalten, bis die Haare wieder gewaschen wurden. Noch radikaler war die Anwendung von Petroleum statt der medizinischen Paste. Wir haben lange rumgedoktert, bis ich das Ungeziefer wieder los war.

In unserer Bekanntschaft gab es zwei vornehme alte Damen, die auch von Läusen befallen waren. Da sie sich aber nicht eingestehen wollten, dass diese Seuche, die ursprünglich durch mangelnde Sauberkeit entstanden war, auch bei ihnen nicht Halt machte, gingen sie zum Arzt und klagten über eine nervöse Kopfkrankheit. Der nette Doktor soll auf sie eingegangen sein und ihnen tatsächlich eine lateinisch bezeichnete Allergie bescheinigt haben, die natürlich vornehmer war als die ordinären Läuse.

Modisches gab es also auch in der Kriegszeit, wenn auch viel bescheidener als heute. Kosmetik aber gab es fast gar nicht, für die Körperpflege bekamen wir in der ärmsten Zeit auf Bezugschein monatlich gerade nur ein Stück Schwemmseife zugeteilt, eine schwammartige Masse, die wie Kork auf dem Wasser schwimmen konnte, und einen Zahnputzstein, ein flaches kleines quadratisches Stück von gepresstem rosa Scheuermittel, von dem man sich mit der Zahnbürste etwas abnahm. Make-up und Schminke gab es überhaupt nicht, jedenfalls habe ich als Kind so etwas nie gesehen, außerdem galt es auch als eitel und unanständig, es zu benutzen. Als Kinder wurden wir durch die öffentliche Meinung der Nazis erzogen zu glauben, dass ein deutsches Mädchen so etwas nicht braucht. Es gab damals ein Lied, das ich auch mitgesungen habe:

> Wir sind die Friesenkinder
> und haben frohen Mut
> wir wohnen an der Nordsee
> wo Ebbe ist und Flut

wir tragen keinen Bubikopf
und auch kein' Lippenstift
das ist nichts für uns Friesen
ach nein, ach nein, ach nein
goldblondes Haar
treublaue Augen
so muss mein Mädel sein
vom friesischen Rain.

Dass damit das Frauenideal der Nazis besungen wurde, haben wir als kleine Mädchen natürlich nicht erkannt.

SCHULE

Bevor ich im Herbst 1942 in die Schule gekommen bin, musste ich vom Amtsarzt Medizinalrat Dr. Rehling untersucht werden, ob ich auch schulreif sei. Ich nenne hier seinen Namen, weil aus dieser Begegnung eine lebenslange Freundschaft meiner Eltern mit August und Mia Rehling entstanden ist. Während der Untersuchung wurde meine Mutter gefragt: „Wo kommen Sie denn her ?" „Aus Lünen in Westfalen" „Was, da kommt meine Frau auch her!" Wir wurden darum zu einem Besuch eingeladen, und es stellte sich heraus, dass Wilhelmine Rothstein, meine Mutter, und Maria Schulte-Wischeler dieselbe „Höhere Töchterschule" besucht haben in den Jahren nach 1920.

Ich wurde also im Herbst 1942 in die Meldorfer Bürgerschule für Mädchen eingeschult, und der Zufall wollte es, dass mein 6. Geburtstag, der 14. August, auch mein erster Schultag war. Unsere später sehr beliebte Lehrerin, Fräulein Winkler, schenkte mir eine Postkarte mit der Aufschrift: „Der lieben kleinen Elke zum ersten Geburtstag in der Schule". Da fühlte ich mich natürlich sehr geehrt.

Ausgerüstet waren wir Schulanfänger alle mit einem Schulranzel. Meiner war halb aus Pappmaché, nur die Klappe zum Verschließen war aus Leder.

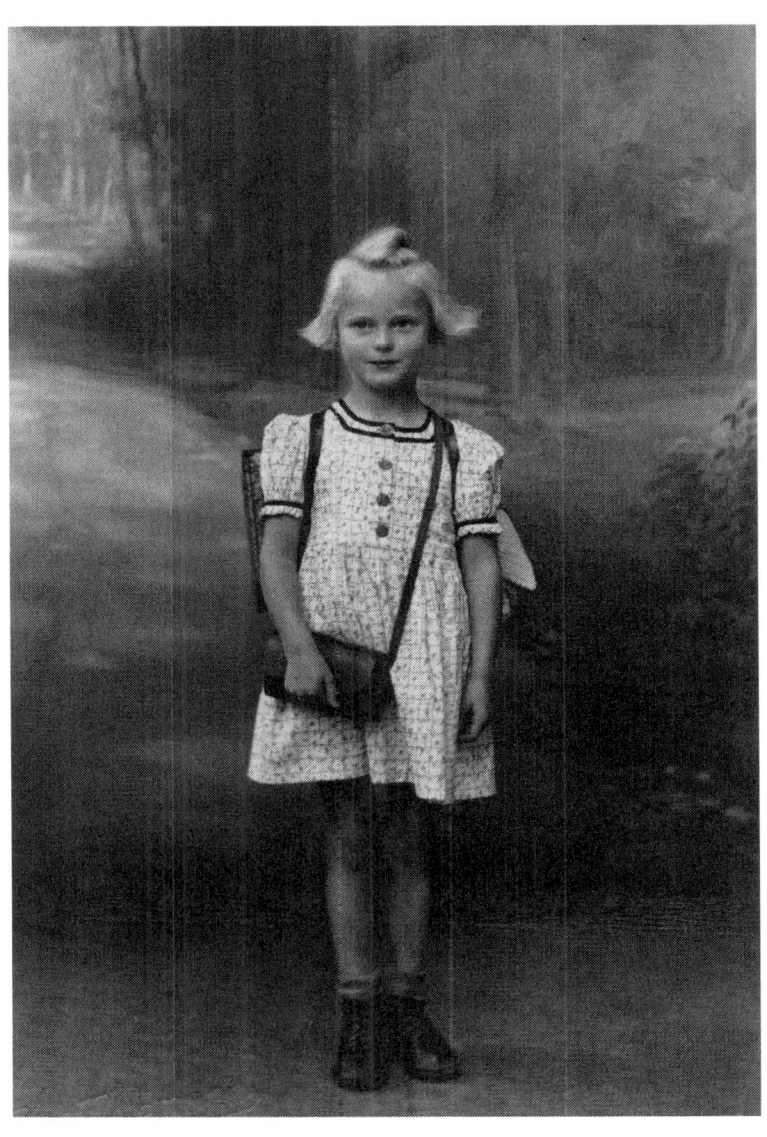

Erster Schultag

Im Ranzel steckte eine Schiefertafel und dazu ein Kasten für die Schiefergriffel, mit denen wir auf der Tafel schreiben lernten. Um das Geschriebene wieder abwischen zu können, hatten wir ein feuchtes Schwämmchen in einer Schwammdose – auch aus Pappmaché – und zum Nachtrocknen hing ein Tafellappen an einer Schnur am Tafelrand. Beim Nachhausegehen flatterte dieser Lappen außerhalb des Ranzels, er musste immer ordentlich sauber sein, sonst galt man als „schlodderich". Im ersten Schuljahr haben wir fast nur auf der Schiefertafel geschrieben, eine Seite hatte Linien für die Schrift, die andere hatte Kästchen für die Zahlen. Auf Papier haben wir erst später schreiben gelernt und dafür bekamen wir einen hölzernen Federhalter, in den vorne eine kleine Stahlfeder hineingesteckt wurde. Dieses Schreibgerät tauchten wir in ein Tintenfass mit blauer Tinte, das in jede Schulbank eingelassen war. Nach dem Schreiben wischten wir die Feder sauber mit einem Federwischer und schlossen das Tintenfass mit einem kleinen Schiebedeckel.

Es gab eine sehr strenge Disziplin in der Schule. Bevor wir den Klassenraum betreten durften, mussten wir auf dem Schulhof am Ende jeder Pause in Zweierreihen antreten und wurden von der Aufsichtslehrerin aufgerufen, geschlossen ins Schulgebäude zu marschieren. Wenn die Lehrerin oder der Lehrer zum Unterrichten in die Klasse kam, hatten wir neben unserer Schulbank strammzustehen bis zu der Aufforderung: „Setzt euch!"

In meiner Schulzeit gab es auch die Prügelstrafe noch, die heute zum Glück abgeschafft ist. Zur Strafe für unordentliche Schulaufgaben oder für Frechheit oder für lautes Schwatzen wurden wir mit einem Rohrstock auf die ausgestreckte Innenhandfläche geschlagen, je nach Schwere des Vergehens 1, 2, 3 oder mehrmals. Und das Gemeine war, wer die Hand aus Angst wegzog, bekam dafür das doppelte Maß an Schlägen. Ich selbst habe einmal einen Stockhieb bekommen, ich weiß nicht mehr warum, vielleicht wegen fehlender Hausaufgaben, aber das Gefühl, vor der Klasse stehen zu müssen und auf einen Schlag mit dem Stock zu warten, habe ich nicht vergessen.

Zu Hause von meinen Eltern bin ich sonst nicht geschlagen worden, nur ein einziges Mal habe ich ein „Fellvoll" gekriegt, das heißt, einige Schläge von meinem Vater auf den Hintern, weil ich in der Schule nicht ordentlich gearbeitet habe und ein Lehrer sich darüber beklagt hat. Da war ich schon in der Sexta und habe dann gemerkt, dass mein Vater sich wohl große Sorgen um mich gemacht hatte, wenn er mich sogar geschlagen hat. Das „Fellvoll" hat mir nicht geschadet, im Gegenteil. Andere unangenehme Strafen gab es von meiner Mutter: sie sperrte mich für kurze Zeit in den dunklen Keller, wenn ich etwas „verbrochen" hatte, oder sie drohte: „wir geben dich den Zigeunern mit!" Ich habe zwar keine Zigeuner gekannt und nie welche bei uns durchziehen sehen, aber die Drohung klang fürchterlich und hat mir große Angst gemacht.

In der Schule war eine andere Bestrafung das „Nachsitzen". Wenn die ordentlichen Schüler schon zum Essen nach Hause gingen, mussten faule oder freche Schüler, die vielleicht schon während des Unterrichts zur Strafe in der Ecke des Klassenraumes gestanden hatten, noch eine ganze Stunde in der Schule bleiben und irgendwelche Strafarbeiten verrichten. Dann konnte einem aufgebrummt werden, 50 mal zu schreiben: „Ich darf nicht schwatzen", oder 30 mal: „Ich darf nicht bei meiner Nachbarin abgucken". Dabei war die Lehrerin selbst bestraft, denn sie musste während der Stunde bei der Schülerin in der Klasse bleiben. Darum wurde die Strafarbeit oft auch für zu Hause aufgegeben. Sinnvoll war eine solche Aufgabe wohl in keinem Fall, aber wir haben dabei wenigstens „Schönschreiben" gelernt.

Die ersten Schreibübungen auf Papier, nachdem wir die Schiefertafel und Griffel abgesetzt hatten, waren Feldpostbriefe, und ich habe meinen allerersten Brief nach Russland geschickt zu meinem Onkel Otto. Natürlich wurde auch schon uns „i-Männchen" im Schulunterricht der deutsche Soldat als ein Held dargestellt, so dass jeder, der einen Vater, Bruder oder Onkel „im Felde", „an der Front" hatte, darauf stolz sein sollte. Mein Onkel Hermann, der Bruder meines Vaters, war schon im Juli 1941 in Russland vor Leningrad gefallen. An Onkel Otto habe ich im Herbst 1942 nur kurze, uns vorgeschriebene Grüße geschickt, denn wir fingen ja gerade erst an zu schreiben. Ob meine Post noch angekommen ist, haben wir nie erfahren, denn die Nachricht, dass Onkel Otto vor Stalingrad gefallen war, kam schon Anfang Oktober 1942. Briefe schreiben wurde aber weiter geübt in der Schule, und wer keinen Verwandten mehr „im Felde" hatte, schrieb an die Angehörigen zu Hause. So gibt es einen Brief von mir, 1943 geschrieben: „Lieber Vati, (diktiert, denn ich habe „Papa" gesagt), wie schön, dass du noch zu Hause bist und nicht im Krieg!"

In der Schule gab es für gutes Lernen und Betragen eine besondere Art der Belohnung, und zwar wurde an jedem Montagmorgen die beste Schülerin der vergangenen Woche – wir waren eine reine Mädchenklasse – ausgezeichnet für ihre Schulleistung und bekam dafür ein „Heldenbild", ein Foto von einem deutschen Soldaten im Felde, möglichst in einer sehr mutigen oder sieghaften Pose. Ich selbst habe nie so eine Auszeichnung gewonnen, aber gesehen habe ich sie bei Elke Arntzen, die meistens die beste war.

Lesen lernten wir zuerst in einer Fibel und dann in einem Lesebuch. Beide Ausgaben wurden einheitlich im ganzen deutschen Reich benutzt, ohne dass dabei die mundartlichen Eigenarten der unterschiedlichen Sprachlandschaften beachtet waren. So mussten wir kleinen Dithmarscherinnen, die zu Hause überall das Plattdeutsche hörten, ein Gedicht auswendig lernen, das begann:

> Gefroren hat es heuer
> noch gar kein festes Eis
> das Büblein steht am Weiher
> und spricht so zu sich leis':
> „Ich will es einmal wagen,
> das Eis, es wird schon tragen,
> wer weiß?"

In der Schulbank

Darin waren drei Wörter enthalten, die wir gar nicht verstanden, weil sie in unserer Umgangssprache nicht vorkommen: heuer, Weiher, Büblein, aber das Gedicht stand im deutschen Lesebuch und war der zweiten oder dritten Klasse zugeteilt, und wir mussten es eben lernen. Als es uns erklärt worden ist, habe ich es dann ganz gerne gehabt, denn das Büblein, das ins Eis eingebrochen ist, wird schließlich gerettet.

Das erste dünne Rechenbuch war zur Anschaulichkeit auch mit Bildern versehen, und die waren leider neben den friedlichen Dingen des täglichen Lebens und der Natur auch aus dem Krieg genommen. Da mussten dann Anzahlen von Panzern, Granaten und Gewehren verteilt werden auf Truppen von Soldaten. Ein Bild zeigte verschiedene Pilzsorten, die als giftig und ungiftig unterschieden waren. Schlimm war dabei, dass der prächtig anzusehende giftige Fliegenpilz mit einem Juden in der Gesellschaft des deutschen Volkes verglichen wurde. So wollte man schon den jungen Schülern den Hass anerziehen auf Juden, die von den Nazis verfolgt und später umgebracht wurden.

Religionsunterricht gab es in der Nazizeit nicht in unserer Schule, aber privat haben meine Eltern dafür gesorgt, dass ich mit in die Kinderstunde bei Fräulein Laakmann, einer Pastorentochter, gehen durfte. Auch meine Freundin Elke war dabei, und hier lernten wir Geschichten aus dem Alten und dem Neuen Testament kennen und Lieder, die sonntags im Kindergottesdienst gesungen wurden.

Gerne erinnere ich mich daran, wie wir das schöne Lied von Paul Gerhard „Geh aus, mein Herz, und suche Freud..." in selbstgemalten Bildern dargestellt haben. Da es darin so viele Strophen gibt, bekam jedes Kind in der Gruppe eine für sich allein zugeteilt. Ich musste den Vers illustrieren:

Mit der Klasse

Die Glucke führt ihr Völklein aus,
der Storch baut und bewohnt sein Haus,
das Schwälblein speist die Jungen,
der schnelle Hirsch, das leichte Reh
ist froh und kommt aus seiner Höh'
ins tiefe Gras gesprungen.

Meine Freundin Elke malte neben mir die Strophe aus:

Die Bäume stehen voller Laub,
das Erdreich decket seinen Staub
mit einem grünen Kleide,
Narzissus und die Tulipan,
die ziehen sich viel schöner an
als Salomonis Seide.

Mit Buntstiften wurde das Bild schön farbig ausgemalt und die Strophe natürlich dazu geschrieben. Da es Schreibpapier oder Hefte für uns schon nicht mehr zu kaufen gab, hatte Fräulein Laakmann für jedes Kind aus losen Blättern ein kleines Heft zusammengestellt, das am Rande mit der Nähmaschine abgesteppt war, damit unsere Aufzeichnungen schön zusammenblieben. Fräulein Laakmann haben wir es also persönlich zu danken, dass wir auch in der Nazizeit auf diese Weise guten Religionsunterricht hatten, den wir wie im Spiel erlebten.

Sportunterricht wurde für sehr wichtig gehalten. Das ist er ja auch wirklich, aber damals wollte man schon die kleinen Kinder dazu erziehen, dass sie sich im Kampf wehren und verteidigen, aber auch selbst angreifen können. Kleine Jungs wurden so schon früh zu Soldaten erzogen. Wir Mädchen wurden nicht so hart herangenommen, aber ich war sehr beeindruckt, als ich im Geräteraum unserer Turnhalle eine große Menge von Boxhandschuhen liegen sah. Boxen war nämlich ein Hauptfach im Sportunterricht für die etwas größeren Jungen, und wir Mädchen meinten, dass zum Boxen Mut und Tapferkeit gehören, und darum bewunderten wir diesen Sport auch ein bisschen.

Wenn wir Ferien bekamen, musste die ganze Bürgerschule für Mädchen auf dem Schulhof klassenweise in Zweierreihen antreten und mit zum Hitlergruß erhobenen Arm beim Hissen der Hakenkreuzfahne das Horst-Wessel-Lied singen. Diese Fahnenappelle gab es bis Ende 1944, ich war also höchstens acht Jahre alt und habe den Text überhaupt nicht verstanden:

> Die Fahne hoch, die Fahne hoch!
> Die Reihen fest geschlossen!
> SA marschiert in ruhig-festem Tritt.
> Kameraden, die Rotfront und Reaktion erschossen,
> marschier'n im Geist
> in unser'n Reihen mit.

Ich sang stattdessen:

> die Reihen sind geschlossen
> es einmarschiert ...

und wusste nicht, wer da einmarschiert und schon gar nicht, wer wen erschossen hatte, aber wir mussten mitsingen.

Nicht nur beim Fahnenappell mussten wir mit zum Gruß erhobenem Arm strammstehen und singen, auch beim Morgengruß vor dem Unterricht und wenn wir nachmittags außerhalb der Schule einem Lehrer begegneten, mussten wir ihn mit „Heil Hitler!" grüßen. Ganz korrekt war es, dabei stehen zu bleiben, witzig konnte es aussehen, wenn wir Mädchen dann auch noch den „Knicks" machten, wie wir es bei unseren Eltern gelernt hatten, das heißt, ganz leicht die Knie beugten, dazu passte der erhobene Arm überhaupt nicht.

Ab 1943 haben wir auch Fliegerangriffe in der Schule erlebt. Ein paar mal sind wir von der Lehrerin, sobald von der Sirene Alarm kam, auch in diesen bedrohlichen Augenblicken ordentlich in Zweierreihen in den Keller der Schule geführt worden und mussten dort bleiben, bis es „Entwarnung" gab. Der Unterricht der unterbrochenen Stunde wurde hier nicht fortgesetzt, das fanden wir dann ganz erholsam. Überhaupt haben wir hier zum Glück nichts Böses, keine Bombenangriffe erlebt, die gab es bei uns in Meldorf nur nachts. Wenn bei einem Anflug feindlicher Flugzeuge „Voralarm" gegeben wurde, das heißt, wenn es bis zum Eintreffen über der Deutschen Bucht noch eine Zeit dauerte, schickte man uns lieber zu unseren Eltern nach Hause. Bei Entwarnung mussten wir wieder zur Schule kommen, wenn es sich zeitlich noch lohnte.

Dieser Schulunterricht, der gegen Ende des Krieges immer häufiger von Fliegeralarm gestört und unmöglich gemacht wurde, hat bei uns in Meldorf genau bis zum 3. Mai 1945 gedauert. Schon Ende 1944 waren die ersten Flüchtlinge aus Ostpreußen angekommen, und die Kinder aus diesen Familien wurden in unsere Klassen aufgenommen. Im April und Mai 1945 zogen dann die großen Trecks aus Pommern und Ostpreußen nach Schleswig Holstein, und es mussten notdürftige Lager und Unterkünfte für die vielen Flüchtlinge eingerichtet werden, bevor sie in die Wohnungen der Einheimischen einquartiert wurden. Darum war der Unterricht an allen Meldorfer Schulen eingestellt, und die Klassenräume waren als Notunterkünfte eingerichtet. Ganz primitiv wurde hier Stroh auf dem Fußboden ausgebreitet, auf dem sich die erschöpften Menschen erst einmal lagern konnten. Ich habe den Anblick unseres Klassenzimmers noch vor Augen: Die Schulbänke waren an einer Wand aufeinander gestapelt, und wo sie gestanden hatten, lagen auch am Tage einige Menschen auf Stroh, umgeben von ihrem dürftigen Gepäck. Versorgt wurden diese armen Flüchtlinge, die aus ihrem eigenen Zuhause vertrieben worden waren, von Rot-Kreuz-Schwestern und Sanitätern. Sie bekamen zu essen aus „Gulaschkanonen", das waren Kübeltöpfe auf Rädern, in denen das Essen herbeigebracht wurde, das in der Volksküche gekocht worden war, ein Eintopf aus den einfachsten Zutaten, von dem am Kriegsende alle Menschen leben mussten, die sich nicht aus dem eigenen Garten besser versorgen konnten.

Dieser Zustand, dass unsere Schulgebäude zur Unterbringung der vielen vertriebenen und geflüchteten Menschen genutzt wurde, hat bis in den Januar 1946 angedauert, das heißt, dass wir Schulkinder in dieser Zeit keinen Unterricht gehabt haben. Das könnte sich jetzt gut anhören wie lange Ferien und Nichtstun, aber es hatte doch große Nachteile für uns, denn wir haben fast ein Jahr lang nichts gelernt von dem Schulstoff, den wir am

Ende doch beherrschen mussten. Das bedeutete für unsere ganze Schulgeneration, dass wir am Ende ein Jahr länger zur Schule gehen mussten, um den versäumten Unterricht nachzuholen.

Unsere Eltern erkannten natürlich auch, dass wir irgendwie weiterarbeiten mussten, und darum hat mein Vater, der als Schmiedemeister eigentlich nicht so viel Ahnung vom Lehrerberuf hatte, mir täglich eine kleine Aufgabe gestellt zum Üben von Rechnen, Schreiben und Lesen, so dass ich auch jeden Tag Schularbeiten machen musste. Die Themen für kleine Aufsätze hießen dann etwa „Baden in der Waschaue", „Einkaufen bei Bäcker Harder" oder „Der Pfannkuchen".

Da es in unserer Straße mehrere Schulkinder gab, haben sich unsere Eltern schließlich zusammengetan und haben einen ehemaligen Soldaten engagiert, der behauptete, Lehrer zu sein. Er hat uns einige Wochenstunden in der Gruppe, also als kleine Klasse unterrichtet und bekam diesen Privatunterricht bezahlt. An die Themen, die wir hier behandelt haben, kann ich mich im einzelnen nicht mehr erinnern, es waren wohl vor allem Diktate und Rechenaufgaben, aber eine Besonderheit habe ich nicht vergessen, wir bekamen nämlich auch Kunstunterricht und durften aus einer Masse aus Zeitungspapier und Leim, den unser Lehrer irgendwo aufgetrieben hatte, Kasperköpfe modellieren und auch anmalen.

Und dann wurden wir auch in die eigene Kunstproduktion von Herrn Raddach, so hieß der ehemalige Soldat, mit einbezogen. Er hatte aus Armeebeständen eine große Menge von feldgrauen Brotbeuteln ergattert, aus gutem Leinenstoff gearbeitet, die mussten wir in den Nähten auftrennen, so dass rechteckige Stoffstücke entstanden. Einige Tage haben wir damit verbracht, und als genügend Material für eine große Fläche vorbereitet war, hat Herr Raddach einen Wandteppich zusammengenäht, den er mit Kreide sehr kunstvoll verzierte. Hohe Bäume und Schlingpflanzen hat er darauf gemalt, darin versteckt, verschiedene Tiere. Wir waren sehr beeindruckt von diesem Kunstwerk, das nun den Mittelpunkt seiner Schul-Wohn-Schlaf-Küche bildete und den tristen Raum sehr verschönerte. Dunkel kann ich mich erinnern, dass unsere Eltern nicht sehr angetan waren, als wir von unserer Brotbeutel-Verwertungs-Arbeit erzählten, sie meinten, wir hätten Diktate schreiben und Rechenaufgaben lösen sollen.

Im Januar 1946 begann der Schulunterricht wieder, allerdings noch nicht in den Schulgebäuden, die weiter für Flüchtlingshilfe genutzt wurden, oder wenn sie nicht mehr belegt waren, weil es nicht genügend Kohlen gab, nicht geheizt werden konnten. Und in diesem bitterkalten Winter durften Kinder nicht in ausgekühlten Räumen unterrichtet werden. Also wurde die Stadtverwaltung verpflichtet, öffentliche Räume für Schulunterricht zur Verfügung zu stellen, so wie es für Leute, die zu Hause nicht genügend heizen konnten, öffentliche Wärmehallen gab.

Ich erinnere mich lebhaft, dass wir als einzelne Klasse Unterricht hatten in einem Raum des Finanzamts und in einem Rathaus-Konferenzzimmer. Und in einer Halle der Meldorfer Kohlfabrik waren mehrere Klassen untergebracht, nur getrennt durch „Spanische Wände", mit Zeltplanen bespannte Gestelle. Dass es die verschiedenen Lehrer hier nicht leicht hatten und wir Schüler – insgesamt waren es wohl etwa 150 an der Zahl – unaufmerksam und abgelenkt waren durch die Stimmen von nebenan, ist wohl verständlich. Vielleicht haben wir aber trotzdem etwas gelernt, wir mussten jedenfalls wieder täglich zur Schule gehen, das heißt zum Unterricht, wenn auch ins Finanzamt oder in die Kohlfabrik.

Ostern 1947 bin ich aufs Gymnasium gekommen, auf die im Jahre 1540 gegründete Meldorfer Gelehrtenschule. Der Name war mir als Kind im Anfang ein bisschen peinlich, aber je mehr ich über die lange Geschichte meiner Schule seit der Reformationszeit erfahren habe, umso mehr habe ich sie zu schätzen gelernt. Unsere Klasse war damals der zweite Jahrgang, der nach dem Krieg wieder aufgenommen wurde. Damit die geeigneten Schüler aus den vielen Bewerbern ausgewählt werden konnten, wurde eine Aufnahmeprüfung abgehalten, die drei Tage dauerte, so konnte man die mündliche Mitarbeit beurteilen, aber auch schriftliche Aufgaben stellen. Wir haben ein Diktat geschrieben, einen kleinen Aufsatz und eine Rechenarbeit. Schreibhefte gab es noch nicht zu kaufen, und von der Schule bekamen wir auch kein Papier zugeteilt, jeder musste vorher selbst dafür sorgen, worauf er seine Prüfungsarbeiten schreiben wollte. Ich weiß nicht mehr, welches Papier ich benutzt habe, erinnere mich aber, dass Karin Möller einen Stapel unbenutzter und inzwischen verfallener Lebensmittelkarten mitgebracht hatte und auf der unbedruckten Rückseite ihre Prüfungsarbeiten schrieb.

Als wir dann in die Sexta des Gymnasiums aufgenommen waren, haben wir im Anfang auch ohne Schulbücher gearbeitet, der Stoff, den wir lernen sollten, wurde uns diktiert. Sehr sorgfältig machte das unser Biologielehrer, Herr Eilers, so dass wir am Ende des Schuljahres ein selbstgeschriebenes kleines Unterrichtswerk besaßen. Erst nach der Währungsreform 1948 wurde es allmählich besser.

Als Sextaner auf dem Gymnasium haben wir auch Schulspeisung bekommen. Das war eine Einrichtung der englischen Besatzungsmacht zur Hilfe für die notleidende deutsche Bevölkerung. Angeregt wurde die Aktion durch die fromme christliche Religionsgemeinschaft der Quäker, die von Amerika und England aus für die beiden Besatzungszonen diese „Quäkerspeisung" auch organisierte. Im Anfang bekamen nur Flüchtlingskinder die Schulspeisung, und für manche war es die einzige warme Mahlzeit am Tag. Als Einheimische, die aus einem eigenen Garten der Familie besser versorgt war, durfte ich nur zugucken, wie meine hungrigen Mitschüler in einer langen Schlange vor der Turnhalle anstanden, wo aus einem großen Kessel die Milch- oder Gemüsesuppe ausgeteilt wurde. Manchmal gab es zum Nachtisch eine kleine Tafel Schokolade oder einige Kekse. Da konnten wir Einheimischen schon neidisch werden, denn so etwas hatten wir nicht.

Später durften wir auch mitessen, dazu musste jeder sein eigenes Essgeschirr mitbringen, das war meistens ein kleiner Blechtopf mit Henkel, dazu ein Blechlöffel. Nach der großen Pause, in der gegessen wurde, standen dann die leergegessenen Schüsseln in den Klassenzimmern, oder es wurden sogar Reste aufbewahrt, weil einige Schüler sich „Nachschlag" geholt hatten. Für die Ordnung im Klassenraum war das natürlich schwierig. Die Schulspeisung, die kostenlos war, wurde nach der Währungsreform eingestellt.

WEIHNACHTEN

Meine ältesten Erinnerungen an Weihnachten sind auch Erinnerungen an die Kriegszeit. Wenn heute mit Beginn der Adventszeit alle Straßen und Plätze festlich geschmückt sind und von elektrischen Kerzen, Sternen und Lichterketten ein strahlender Lichtglanz über der ganzen Stadt liegt, wenn oft auch im Freien laute Weihnachtsmusik aus Lautsprechern zu hören ist, so war es damals in den Kriegswintern ganz anders. Viele deutsche Städte sind besonders in den drei letzten Kriegsjahren von unseren Feinden von Flugzeugen aus der Luft bombardiert und zerstört worden.

Damit nun den Bombern in dunkler Nacht die Orientierung aus der Höhe erschwert werden sollte, gab es ein strenges Gesetz für alle Wohnorte, Siedlungen und Fabrikanlagen: Es durfte kein offenes Licht angezündet werden. Es gab also keine Straßenlaternen, keine Lichtreklame, keine Leuchten an den Haustüren, und alle Fenster der Wohnhäuser und Geschäfte, hinter denen Lampen eingeschaltet waren, mussten „verdunkelt" werden, so hieß das, mit dunklen Rollos, die sogar noch mit Klammern an die Fensterrahmen gedrückt wurden, damit ja kein Lichtstrahl nach außen drang. So glaubte man sich vor den Bombern verstecken zu können.

Ich erzähle das so ausführlich, damit euch klar wird, dass es von dem öffentlichen Weihnachtslichterglanz damals überhaupt nichts gab. In unserem Wohnzimmer

146

aber strahlten die Kerzen des Adventskranzes umso heller, erst eine, dann zwei, dann drei, dann vier, und dann erst der Tannenbaum! So viele Kerzen hatte ich vorher noch nie auf einmal brennen sehen. Ein wunderbarer Glanz war das, und den gab es nur am Weihnachtsfest.

Noch etwas war anders damals während der Weihnachtszeit im Krieg: Es gab überhaupt keine Süßigkeiten zu kaufen, keine Schokoladenweihnachtsmänner, keine Marzipanbrote, keinen Baumschmuck aus Nougat und Schokolade, keine Lebkuchen, keinen Weihnachtsstollen, nichts, denn im Krieg gab es auf Lebensmittelmarken nur eine Zuteilung von lebensnotwendigen Nahrungsmitteln. Man konnte nicht kaufen, was man wollte, sondern nur, was einem zustand. Menschen, die hart arbeiten mussten, bekamen etwas mehr als andere, eine „Schwerarbeiterzulage", und auch „werdende und stillende Mütter" bekamen nicht nur entrahmte Frischmilch, „blaue Milch", wie wir sie nannten, sondern eine Zuteilung von Vollmilch.

Und doch, trotz dieses Mangels gab es auch für uns in der Weihnachtszeit köstliche Leckereien, auf die wir uns das ganze Jahr freuten. Tüchtige Hausfrauen, zu denen meine Mutter gehörte, hatten sich Rezepte ausgedacht, mit denen sie auch aus wenigen Zutaten Schmackhaftes zauberten, so dass unser bunter Teller Weihnachten auch nicht leer war. Besonders gern mochte ich das Quittenbrot, das meine Freundin Elke jeden Weihnachten bekam, denn ihre Großeltern hatten diese Früchte im Garten. Meine Mutter war eine Künstlerin in der Herstellung von falschem Marzipan. Normalerweise ist das ja eine feine Masse aus Mandeln. Da es die nicht zu kaufen gab, nahm man stattdessen eine feste Griesmasse und würzte sie mit Mandelaroma. Ich wusste damals noch gar nicht, wie echtes Marzipan schmeckt, darum fand ich diesen Ersatz auch lecker. Ein Kriegsrezeptbuch gab es, das hieß „Man nehme ...". Darin waren die Weihnachtsplätzchen nach den wenigen Zutaten eingeteilt: nur ein Ei und ohne Fett, oder: nur 50 Gramm Fett und ohne Zucker. Manchmal blieben dann nur Mehl und Wasser übrig und die Gewürze, die es noch gab, und doch wurden daraus richtige Kekse.

Kleine Zuckerkringel hat meine Mutter Weihnachten gebacken, die so gut schmecken, dass sie bis heute zu meinen Weihnachtsplätzchen gehören, die ich selbst backe. Und dann gab es bei uns noch traditionell weiße und braune Gewürzplätzchen, die von meiner Mutter nur vorbereitet wurden. Den dicken Teigkloß brachten wir morgens zu Bäcker Harder, der rollte ihn auf seinem großen Backtisch aus und zerschnitt die Teigplatte mit Hilfe eines Lineals und eines Zackenrädchens in kleine Rechtecke, die auf riesigen Blechen im großen Brotbackofen gebacken wurden.

Viele Hausfrauen in unserer Straße brachten in der Weihnachtszeit ihren Teig zum Bäcker, so dass er viel Arbeit damit hatte. Wenn wir die fertigen Plätzchen abends abholten, waren sie auf einem Backblech wie Karten aufrecht nebeneinander gestellt, eine riesige Menge, die gleich in zwei hohen trommelartigen Blechdosen untergebracht wurden, die weißen in einer roten Dose, die braunen in einer blauen. Der Teigrest, aus dem kein Plätzchen mehr zu formen war, wurde als kleines Häufchen mitgebacken, das durfte ich gleich beim Bäcker aufessen.

Von meiner Oma Wierk stammt ein Weihnachtskuchenrezept, das auch jedes Jahr gebacken wurde: „witte un brune Schmoltnöt", hochdeutsch „Schmalznüsse". Schmalz hatten wir auch in Kriegszeiten, denn wir bekamen es von befreundeten Bauern. Später haben wir auch selbst geschlachtet. „Schmoltnöt" habe ich auch noch jedes Jahr in meiner Familie gebacken, eigentlich nur zur Erinnerung an meine Kindheit, denn bei uns mochte sie fast niemand. In der Kindheit meines Vaters gab es auch noch die Sorte „Pepernöt", die zur Zeit des Ersten Weltkrieges als besondere Leckerei nur an den Weihnachtstagen gegessen wurde, dann waren sie von den acht Personen der Familie verzehrt. Bis in meine Kindheit hat mein Vater dazu eine Redewendung bewahrt: „nun mut Pepernöten ober een End hebbn", was bedeutet: nach Weihnachten ist die Schlemmerei vorbei, dann gibt es nur noch Alltagskost. Der Ausdruck „Fullbuks Obend" (Vollbauchs-Abend) stammt auch aus dieser armen Zeit. Später wurde er abfällig gebraucht, wenn ein Fest nur mit zuviel Essen gefeiert wurde.

Heute wird in der Adventszeit der Nikolaustag besonders gefeiert, es gibt viele schöne Süßigkeiten und manchmal schon eine kleine Bescherung. Wir hatten einen anderen Brauch: vom ersten Advent an durfte ich jeden Abend meinen Schuh auf die Fensterbank stellen, dann kam nachts der Nikolaus mit seinem Knecht Ruprecht vorbei und steckte eine Kleinigkeit hinein. Da ja auch der Nikolaus mit den Lebensmittelkarten der Kriegszeit auskommen musste, waren seine Gaben natürlich bescheiden: ein Apfel, einige Zuckerkringel, Nüsse, die im heimischen Garten gewachsen waren. Aber die Freude war trotzdem groß, und das Geheimnis blieb, wie er wohl in dem gut verdunkelten Fenster von außen den Schuh gefunden hat.

Zu Weihnachten wurden natürlich auch in der Kriegszeit Päckchen verschickt. Oma und Opa Lünen bekamen unsere Geschenke in Postpaketen, denn sie feierten Weihnachten immer allein in ihrem Haus in Lünen. Das Reisen mit der Eisenbahn nach Meldorf war damals noch sehr beschwerlich. Auch wir bekamen unsere Weihnachtsbescherung von ihnen im Paket. Darauf habe ich mich immer sehr gefreut, denn meine Oma konnte sehr gut nähen und stricken, handgestrickte Strümpfe waren immer dabei. Einmal ist das Weihnachtspaket nicht angekommen, verloren gegangen, vielleicht ist der Postzug bombardiert worden, und die Pakete sind verbrannt. Meine Oma hat uns dann nach Weihnachten erzählt, was darin war: für mich hatte sie Hausschuhe aus Wolle, Stoff und Lederresten selbst gearbeitet, und ein Bilderbuch, das meiner Mutter als Kind gehört hatte, sollte ich haben. Lange habe ich diesen verlorenen Geschenken nachgetrauert.

Genau erinnere ich mich daran, dass wir für meine beiden Onkel, die als Soldaten im Krieg waren, Feldpostpäckchen gepackt haben, das waren genormte kleine Schachteln, in die schätzungsweise höchstens ein Pfund Inhalt hineinpasste. Onkel Hermann Wierk, der Bruder meines Vaters, ist schon im Juli 41 in Russland gefallen. So wird es ein Päckchen an Onkel Otto Rothstein, den Bruder meiner Mutter, gewesen sein, an das ich mich erinnere. Zigaretten waren darin, braune Kuchen und Zuckerkringel, dazu ein Tannenzweig und eine Kerze. Es muss zu Weihnachten 1941 gewesen sein, denn am 29.9.1942 ist er in Stalingrad gefallen.

Mein Vater ist nicht als Soldat im Krieg gewesen, so dass ich das Glück hatte, als kleines Kind jedes Weihnachtsfest mit meinen Eltern zu feiern. Andere Familien in der Nachbarschaft blieben allein und waren besorgt.

Während der letzten Kriegsjahre hatte mein Vater in der Werkstatt einen Kriegsgefangenen, der tagsüber zwangsweise als Handwerksgehilfe arbeiten musste. Abends kehrte er in das streng bewachte Gefangenenlager zurück, wo deutsche Wachsoldaten manchmal sehr hart mit diesen gefangenen Soldaten der Kriegsgegner umgingen, die als besiegte Feinde angesehen wurden. So war es verständlich, dass sich die beiden Kriegsgefangenen, die in der Werkstatt arbeiten mussten, recht wohl gefühlt haben, denn von meinen Eltern wurden sie gut behandelt. Der erste war ein Franzose, ich weiß sogar noch seinen Namen, er hieß Marcel Desson. Ich erinnere mich gut daran, wie er mit uns Weihnachten gefeiert hat, es kann 1941 gewesen sein.

Es gab damals ein strenges Gesetz zum Umgang mit den Kriegsgefangenen: Deutsche durften sich nicht mit ihnen an einen Tisch setzen, das sollte ein Ausdruck der Verachtung für die Besiegten sein. Ich kann mich sehr genau daran erinnern, wie meine Mutter auf listige Weise dieses Gebot umgangen hat. Zum Weihnachtsgänsebraten, den wir am Heiligen Abend vor dem Tannenbaum gegessen haben, war auch Marcel eingeladen, aber er saß nicht mit uns an einem Tisch, sondern unmittelbar neben unserer Festtafel an der versenkbaren Nähmaschine, die auch mit einem weißen Tischtuch bedeckt war. Meine Mutter hat danach noch Schwierigkeiten bekommen. Der Blockwart, das war der Kontrolleur der Nazi-Partei über 40-50 Familien eines (Häuser)-Blocks, hat sie bedroht wegen dieser Freundlichkeit dem Feind gegenüber. Zum Glück hat es aber keine weiteren Folgen gegeben.

Der zweite Kriegsgefangene, der nach Marcel bis zum Kriegsende bei uns war, hieß Babic. Er war Serbe, ein geschickter Waffenschmied, den mein Vater als Mitarbeiter sehr geschätzt hat. Auch ihm haben wir von unserem Weihnachtsgänsebraten etwas abgegeben. Allerdings hat er nicht mit uns im Weihnachtszimmer gegessen, sondern in unserer kleinen Küche, nicht allein, ich war bei ihm. Er war ein junger Familienvater, der Weihnachten bestimmt Heimweh nach seiner Frau und seinen Kindern hatte. Ich weiß, dass ich nach dem Essen auf seinem Schoß gesessen habe, er konnte ein bisschen Deutsch und hat mir von seinem Zuhause erzählt. Mich nannte er „Ekkitze", ich glaube, das Wort hat keine besondere Bedeutung, es ist wohl die Koseform von Elke.

Die Bescherung zur Kriegsweihnacht war natürlich bescheiden und gar nicht zu vergleichen mit den prächtigen Geschenken, die Kinder heute bekommen. Denn als es wenig zu essen und kaum etwas anzuziehen gab, war an Spielsachen überhaupt nicht zu denken, jedenfalls nicht an gekaufte. Und doch war die Weihnachtsbescherung eine große Freude. Ein Geschenk aus dieser Zeit habe ich noch jahrelang besessen: Ich bekam Schlittschuhe, nicht neugekaufte, sondern ein Paar, auf dem mein Vater schon als Junge gelaufen war, sogar einmal ein Wettrennen auf der zugefrorenen Alster in Hamburg mitgemacht hatte. Als ich die Schlittschuhe zu Weihnachten geschenkt bekam, war ich viel kleiner als mein Vater damals in seiner Jugend. Darum waren sie mir auch ein ganzes Stück zu groß, das heißt, dass meine Stiefelspitze nicht mit der Schlittschuhspitze abschloss, ein Stück Schlittschuh blieb leer.

„Hackenrieters" waren das, so genannt, weil die Stollen zur Befestigung an der Seite des Stiefels mit kleinen Krallen in den Absatz geschraubt wurden – übrigens mit dem Schlüssel unserer Küchenuhr, weil der Schlittschuhschlüssel verloren war – dabei wurde die Hacke ein bisschen aufgerissen, aber die Schlittschuhe saßen fest. Als ich sie bei der Weihnachtsbescherung geschenkt gekommen hatte, es muss 1943 oder 1944 gewesen sein, war meine Freude so groß, dass mein Vater mit mir mitten in der Heiligen Nacht aufs Eis ging, um zu probieren, ob ich damit laufen konnte. Ein Stück hinter unserem Haus in der Hafenchaussee lag die Weide unseres Nachbarn Willy Heesch. Die Gräben rundherum und auch das Überschwemmungswasser in den Bodenwellen waren gefroren.

Auf den schmalen Eisbahnen konnte man herrlich Schlittschuhlaufen. Bisher hatte ich immer nur zugeguckt, wie die Jungs meiner Nachbarschaft hier Eishokkey spielten. Jetzt konnte ich selbst mitmachen. Bei den ersten Versuchen im Mondenschein der Heiligen Nacht bin ich noch einige Male hingefallen, aber ich habe mich riesig gefreut, dass ich jetzt eigene Schlittschuhe hatte. Die waren mir zwar ein Stück zu groß und blieben auch immer zu groß, solange ich sie besessen habe, aber mir machte das nichts. Ich habe mir damals einen ganz eigenen Laufstil angewöhnt, bin seitwärts geglitten, weil die Spitze viel zu lang war. Sportlich war das sicher nicht ganz richtig, aber ich kam vorwärts und erreichte auch ein ganz schönes Tempo. Elke Kamphausen bekam nach dem Krieg neue Schlittschuhe zu Weihnachten, die ihr gut passten. Sie lief viel eleganter als ich. Eiskunstlauf mit Sprüngen und Pirouetten konnte keiner von denen, die sich auf den zugefrorenen Kuhweiden von Heesch tummelten, aber schnell und geschickt waren viele.

Von unserem Tannenbaum muss ich noch erzählen. Geschmückt war er mit silbernem Lametta und silbernen Kugeln, von denen einige eingedrückte farbig verzierte Beulen hatten. Auch die Spitze war aus silbernem Glas. Besonders schön fand ich einen kleinen weißen Weihnachtsmann aus Watte mit einem Papierbild als Gesicht. Auch einige Eiszapfen waren aus dieser Wattemasse gebildet und sahen auch sehr hübsch aus im grünen Tannenbaum. Eine Besonderheit unseres Weihnachtsschmucks in der Kriegszeit waren kleine bunte Holzfiguren aus dem Erzgebirge, die in den Baum gehängt wurden. Man bekam sie, wenn man bei der „Deutschen Winterhilfe" gespendet hatte, einer Einrichtung, die den Soldaten im Felde helfen sollte. Von diesen etwa 5 cm großen spindelförmigen Figuren hatten wir auch einige, die schönen erzgebirgischen Engel habe ich nur bei unseren Nachbarn gesehen. Das war der Baumschmuck in den Kriegsjahren und natürlich viele Kerzen. Es kam auch nichts dazu, im Gegenteil, die Kugeln wurden immer weniger. Noch heute erinnere ich mich mit einem leichten Schrecken daran, dass der Tannenbaum jeden Weihnachten einmal umfiel, und ich war es dann gewesen, die das verschuldet hatte. Der Baum stand in einem leichten Ständer sehr wackelig, bis mein Vater in der Zeit, als mein kleiner Bruder den Baum regelmäßig zum Stürzen brachte, einen soliden, schweren Ständer gebaut hat.

Mit dem Wort „Weihnachtsbaum" verbinde ich noch eine schauerlich schöne Erinnerung, denn im Krieg war das nicht die festlich geschmückte Tanne im Weihnachtszimmer, sondern die Bezeichnung für eine Kampfhilfe im Bombenkrieg der englischen und amerikanischen Kampfflugzeuge. Damit die Ziele, die vom Flugzeug aus von den Feinden angegriffen werden sollten, besser zu finden waren, wurden von ihnen nachts am Himmel Lichter zur Orientierung gesetzt. Sie waren in Form einer

Pyramide angeordnet, so dass sie am schwarzen Nachthimmel aussahen wie riesige mit Lichtern besteckte Tannenbäume. Während eines großen Angriffs auf die Ölraffinerie in Hemmingstedt habe ich solche „Weihnachtsbäume" über unseren Nachbarhäusern von Dr. Henningsen und Thede gesehen, bevor wir in unseren Bunker gestiegen sind. Ich weiß nicht mehr, ob das in der Weihnachtszeit war, aber ich habe heute noch vor Augen, wie strahlend-festlich das aussah, und habe damals gar nicht glauben können, dass diese Weihnachtsbäume zu unserem Schaden aufgestellt waren.

Vor der echten Weihnachtsbescherung musste ich in der Küche warten. Wenn die silberne Tischglocke geläutet hatte und meine Mutter die Haustür öffnete und wieder schloss mit den Worten: „Auf Wiedersehen, Weihnachtsmann!", durfte ich ins Weihnachtszimmer kommen, aber in der Tür vor dem Tannenbaum mit den brennenden Kerzen musste ich stehen bleiben und zuerst ein Gedicht aufsagen. Dafür wurde tagelang vorher geübt, denn stecken bleiben wäre peinlich gewesen. Auch in der Grundschule lernten wir die Gedichte.

Aufgesagt habe ich:

> Denkt euch, ich habe das Christkind gesehn,
> Es kam aus dem Walde, das Mützchen voll Schnee,
> Die kleinen Händchen taten ihm weh,
> Denn es trug einen Sack, der war gar schwer,
> Schleppte und polterte hinter ihm her.
> Was drinnen war, wollt ihr wissen?
> Ihr Naseweise, ihr Lumpenpack,
> Ihr meint wohl, er wäre offen, der Sack?

156

Zugebunden bis oben hin!
Es war gewiss etwas Gutes drin,
Es roch so nach Äpfeln und Nüssen.

oder:

Knecht Ruprecht

Von drauß' vom Walde komm ich her,
Ich muss euch sagen, es weihnachtet sehr!
Allüberall auf den Tannenspitzen
Sah ich goldene Lichtlein blitzen,
Und droben aus dem Himmelstor
Sah mit großen Augen das Christkind hervor.
Und wie ich so strolcht' durch den finsteren Tann,
Da rief's mich mit heller Stimme an:
„Knecht Ruprecht", rief es, „alter Gesell,
Hebe die Beine und spute dich schnell!
Die Kerzen fangen zu brennen an,
Das Himmelstor ist aufgetan,
Alt' und Junge sollen nun
Von der Jagd des Lebens einmal ruhn,
Und morgen flieg ich hinab zur Erden,
Denn es soll wieder Weihnachten werden!"
Ich sprach: „O lieber Herre Christ,
Meine Reise fast zu Ende ist,
Ich soll nur noch in diese Stadt,
Wo's eitel gute Kinder hat."
„Hast denn das Säcklein auch bei dir?"
Ich sprach: „Das Säcklein, das ist hier,
Denn Äpfel, Nuss und Mandelkern
Essen fromme Kinder gern."
„Hast denn die Rute auch bei dir?"
Ich sprach: „Die Rute, die ist hier,
Doch für die Kinder nur, die schlechten,
Die trifft sie auf den Teil, den rechten."

Christkindlein sprach: „So ist es recht,
So geh mit Gott, mein treuer Knecht!"
Von drauß' vom Walde komm ich her,
Ich muss euch sagen, es weihnachtet sehr!
Nun sprecht, wie ich's hierinnen find'!
Sind's gute Kind', sind's böse Kind'?

Als ich schon etwas älter war, habe ich auch dieses Gedicht von Theodor Storm aufgesagt:

Weihnachten

Markt und Straßen steh'n verlassen,
Still erleuchtet jedes Haus,
Sinnend geh ich durch die Gassen,
Alles sieht so festlich aus.
An den Fenstern haben Frauen
Buntes Spielzeug fromm geschmückt,
Tausend Kindlein steh'n und schauen,
Sind so wunderstill beglückt.
Und ich wandre aus den Mauern
Bis hinaus ins freie Feld,
Hehres Glänzen, heil'ges Schauern!
Wie so weit und still die Welt!
Sterne hoch die Kreise schlingen,
Aus des Schnees Einsamkeit
Steigt's wie wunderbares Singen -
O du gnadenreiche Zeit!

Gesungen habe ich damals allein mit meinen Eltern nicht,
die waren nicht musikalisch, aber in den Nachbarfamili-
en mit mehreren Geschwistern und bei der sehr kinder-
lieben Tante Lotte Mohr mit Töchterchen Inge wurden
Weihnachtslieder gesungen, die in der Kriegszeit verbreitet
waren und die fast nie die Geburt Christi zum Inhalt hatten:

Schneeflöckchen, Weißröckchen,
Wann kommst du geschneit?
Du wohnst in der Wolke,
Dein Weg ist so weit.
Komm, setz dich ans Fenster,
Du lieblicher Stern!
Malst Blumen und Blätter,
Wir haben dich gern.

Kling, Glöckchen, Klingelingeling,
Kling, Glöckchen, kling!
Mach mir auf die Türe,
dass ich nicht erfriere!
Tut mir auf die Pforte! ...

O Tannenbaum, o Tannenbaum,
Wie grün sind deine Blätter!
Du grünst nicht nur zur Sommerzeit,
nein auch im Winter, wenn es schneit!
O Tannenbaum, o Tannenbaum,
Wie grün sind deine Blätter!
O Tannenbaum, o Tannenbaum,
Dein Kleid will mich was lehren,
Denn Hoffnung und Beständigkeit
gibt Lieb und Treu zu jeder Zeit!

Bei Familie Heinrich, deren Vater bei den Nazis Schulrat
gewesen war, bevor er als Soldat in den Krieg musste,
war ein Lied beliebt, das ich auch sehr gern mochte:

Hohe Nacht der klaren Sterne
die wie weite Brücken stehn'
über eine weite Ferne
drüber uns're Herzen gehn'

Hohe Nacht mit großen Feuern,
die auf allen Bergen sind.
Heut muss sich die Erd erneuern
wie ein junggeboren Kind.

Mütter, euch sind alle Feuer,
Alle Sterne aufgestellt,
Mütter, tief in euren Herzen
schlägt das Herz der ganzen Welt.

Erst nach dem Krieg, als ich größer war und in den Kindergottesdienst ging, habe ich den Sinn des Weihnachtsfestes verstanden, dass wir die Geburt des Heilands feiern. Dann erst habe ich auch die schönen Kirchen-Weihnachtslieder kennen gelernt und mitgesungen, und statt des Gedichtes vor dem Tannenbaum habe ich meinen Eltern und meinem kleinen Bruder die Weihnachtsgeschichte aus dem Lukasevangelium vorgelesen.

Im Weihnachtsgottesdienst habe ich dann auch beim Krippenspiel mitgewirkt, ich war einer der vielen Engel, die im Chor mitsangen. Ich konnte gut singen als kleines Mädchen, und darum hat mich unser Pastor, mit dem wir den Kindergottesdienst feierten, auch einmal zu einem besonderen Auftrag mitgenommen: zusammen mit einem anderen kleinen Mädchen musste ich bei einer Weihnachtsfeier im Meldorfer Gefängnis singen. Die Gefangenen waren aus ihren Zellen zusammengeführt worden in einem großen Raum. Hier wurde ein richtiger Gottesdienst gefeiert unter einem Tannenbaum mit brennenden Kerzen. Wir Mädchen sangen allein, oder der Pastor versuchte die Häftlinge zum Mitsingen einzuladen. Aber eine schöne Feierlichkeit wollte nicht aufkommen, natürlich nicht, denn die Gefangenen wurden danach ja wieder eingesperrt. Ein kleines Geschenk bekam jeder noch, aber ich habe in Erinnerung, dass sich niemand gefreut hat. Ich bin sehr bedrückt nach Hause gegangen. Das war schon in der Nachkriegszeit.

An das erste Weihnachtsfest nach Kriegsende, also 1945, habe ich eine etwas bitter-süße Erinnerung. Die Kämpfe an den Fronten waren seit Mai 1945 beendet und damit auch die Bombenangriffe, die uns auch in Meldorf bis zuletzt in Angst und Schrecken versetzt und viele deutsche Städte zerstört haben. Hunderttausende Flüchtlinge aus den deutschen Ostgebieten sind nach Schleswig-Holstein gekommen, vertrieben von den russischen Soldaten. Sie wurden in die Wohnungen der Einheimischen eingewiesen, so dass alle sehr beengt wohnen mussten. Es herrsche auch bei uns in Meldorf viel Elend, Schulunterricht gab es noch nicht, weil die Schulgebäude als Flüchtlingslager und Lazarette dienten. Viele Menschen hungerten und froren, denn es gab wenig zu Essen und nicht genug Brennmaterial zum Heizen der Wohnungen. Dennoch waren wir in Schleswig-Holstein noch verhältnismäßig gut dran, denn von den vier Siegermächten, den Russen, Amerikanern, Engländern und Franzosen, waren bei uns die Engländer als Besatzungsmacht eingezogen, die uns wenigstens ordentlich behandelten und uns nicht schikanierten im Nachkriegselend, wie die Russen es getan haben.

Weihnachten 1945 nun wollte die englische Militärregierung den Kindern der Stadt eine Freude bereiten und lud ein zu einer Weihnachtsfeier in der großen Versammlungshalle der Kohlfabrik. Mit Göntje Dibbern, die mit ihrer Mutter und kleinen Geschwistern aus Greifswald geflüchtet war, habe ich mich auf den Weg dorthin begeben wie mehrere Hundert Kinder außer uns. Vor der gläsernen Einlasstür wartete schon eine lange Schlange auf Einlass, und wir reihten uns geduldig hier ein. Grüppchenweise wurden immer mehr Kinder eingelassen, und wir konnten durch die Glastüren beobachten, wie sie mit Kakao und Kuchen bewirtet wurden. Das Wasser lief uns beim Anblick dieser lange entbehrten Köstlichkeiten schon im Mund zusammen, da hieß es: „Jetzt ist Schluss, der Raum ist schon überfüllt, wer noch draußen steht, muss nach Hause gehen". So sind wir tatsächlich ohne eine Bescherung wieder abgezogen und haben uns nur noch ärgern können. Ein bisschen ging es uns wie dem Mädchen mit den Schwefelhölzern in dem Märchen von Hans Christian Andersen. Es hat auch nur den Weihnachtsglanz in den Zimmern der reichen Leute gesehen und hat selbst draußen in der dunklen Kälte gestanden.

Die Weihnachtszeit ging für uns früher mit Sylvester zu Ende, und das Jahresende wurde mit einem besonderen Brauch gefeiert, dem Rummelpott-Singen. Was dieses Spiel eigentlich bedeutete, ist mir bis heute nicht ganz klar. Wir kleinen Kinder durften in der frühen Dunkelheit verkleidet und ein wenig unkenntlich gemacht, in der Nachbarschaft singend von Tür zu Tür ziehen und dabei eine kleine Gabe zum Essen erbetteln. Unser Lied war Plattdeutsch:

162

Oljohr, Nijohr, Mudder sürd de Förten gor?
Sünd se 'n beeten kleen,
denn gift dat twee för een,
sünd see 'n beeten groot,
so het dat ok keen Not
Oljohr, Nijohr, Mudder sürd de Förten gor?
Een Hus wieder
wohnt de Snider,
een Hus dorachter
wohnt de Slachter,
en Hus in de Mitt
wohnt Bäcker Smitt
Oljohr, Nijohr, Mudder sünd de Förten gor?

„Förten", Pförtchen sind kleine in einer Eisenpfanne mit halbkugelförmigen Vertiefungen gebackene Hefe-Bällchen, so ähnlich wie die Berliner Pfannkuchen, die meine Mutter auf dem offenen Feuerherd zu Sylvester backte.

Man kann das Rummelpott-Singen vielleicht vergleichen mit dem Martins-Singen, bei dem heute Kinder am 10. November von Haus zu Haus ziehen und an den heiligen Martin von Tours oder Martin Luther erinnern. Aber Rummelpott hat nichts mit unserem christlichen Glauben zu tun. Es ist vielleicht zu verstehen als ein Lärmmachen zur Vertreibung der bösen Geister des alten Jahres, die nicht mit in das neue Jahr einziehen sollten. Darüber haben wir als Kinder natürlich nicht nachgedacht. Wir fanden es nur spannend und ein bisschen unheimlich, draußen bei Dunkelheit umherzuziehen.

KRIEG

Alles, wovon ich erzähle, fand zur Zeit des 2. Weltkrieges statt, und längst nicht alles, was ich erlebt habe, hatte direkt mit dem Krieg zu tun. Aber schon als kleines Mädchen muss ich ständig in einem Gefühl des Bedroht-seins und der Unsicherheit gelebt haben, denn es fällt mir eine Szene wieder ein, die etwas davon zeigt:

An einem warmen Sommertag bin ich nach dem Abendbrot mit meinem Vater auf „unser Land" gefahren, so nannten wir unseren Gemüsegarten an der Aue. Ich war sehr glücklich darüber, denn eigentlich musste ich abends früh ins Bett. Es war also etwas Besonderes, dass ich auf der Lenkstange des Fahrrades sitzend, allein mit meinem Vater diesen kleinen Ausflug machen durfte. Das Wetter war herrlich, ich fühlte mich wohl, das Leben war so schön, und um das auszudrücken, habe ich dann nur den Satz gesagt: „Papa, wir gewinnen doch den Krieg?". Das war in diesem Augenblick die einzige Sor-ge, die mich ängstigen konnte. Wenn ich heute über die-sen Satz nachdenke, der mir zusammen mit dem Glücks-gefühl des Augenblicks in Erinnerung geblieben ist, wird mir klar, wie sehr unser Leben damals vom Kriegsge-schehen geprägt war. Auch bei schönen friedlichen Er-lebnissen und fröhlichen Festen schwang die Angst mit, wenn meine Mutter sagte: „Wie im tiefsten Frieden". Ich verbinde mit dem Wort die Erinnerung an ein Foto vom Gesundheitsamt mit der hell leuchtenden Straßenlaterne. Im Krieg waren die Straßen ja stockdunkel. Das Elend des Krieges wurde immer mächtiger, auch wenn wir es noch nicht in der Nähe miterlebten. Besonders gegen Ende haben wir es aber auch sehr massiv erfahren.

Die Brüder meiner Eltern sind schon früh als Soldaten in Russland gefallen, Hermann Wierk als Angehöriger der Waffen-SS im September 1941 vor Leningrad, Otto Rothstein im September 1942 vor Stalingrad „für Großdeutschland den Heldentod gestorben", wie es von der Wehrmacht ausgerückt wurde. Ein jüngerer Bruder meines Vaters, Julius Wierk, war auch von Anfang an Soldat. Er hat den Krieg überlebt und ist dann noch mehrere Jahre in russischer Gefangenschaft gewesen, aus der er auch gesund wieder entlassen worden ist.

Mein Vater war nicht Soldat an der Front, er war zunächst zurückgestellt, weil er als wichtiger Handwerker in der Landwirtschaft gebraucht wurde. Aber er war Feuerwehrmann und musste nach den schweren Bombenangriffen auf Hamburg, Lübeck, Neumünster und Elmshorn, die ab 1943 immer massiver wurden, zu Löscharbeiten in die brennenden Städte fahren. In solchen Nächten war ich mit meiner Mutter allein, und da ich zu ihr in ihr Bett kommen durfte, denn sie war ja auch voller Unruhe, habe ich diese Nächte des ängstlichen Wartens auf meinen Vater eigentlich in guter Erinnerung. So nahe kam ich meiner Mutter sonst nie. Sie las mir dann aus einem Bilderbuch vor, und wir wurden beide ruhig dabei. In anderen Nächten durfte ich nicht mit bei meinen Eltern im Bett schlafen, nur wenn ich nach einem bösen Traum aufgewacht war, konnte ich zu meiner Mutter kommen. „Ich hab schlecht geträumt", dann hob sie ohne ein Wort ihre Bettdecke, und ich durfte zu ihr ins Bett schlüpfen und hatte keine Angst mehr.

Gegen Ende des Krieges wurde mein Vater dann noch zum „Volkssturm" eingezogen. Das war ein letzter Versuch der Nazi-Führung, mit 16- bis 60-jährigen Männern, die bis jetzt noch nicht Soldaten waren, den „Heimatboden" zu verteidigen. Mein Vater hat ganz in der Nähe in Gudendorf noch eine dürftige militärische Ausbildung bekommen. Eine Waffe hat, glaube ich, keiner der meist älteren Männer in die Hand nehmen müssen. Mit Panzerfäusten und Handgranaten hätte der Volkssturm den Feind in der Heimat vertreiben sollen, soweit ist es nicht mehr gekommen. Die Angehörigen des Volkssturms waren während ihres Einsatzes „Soldaten im Sinne des Wehrgesetzes", und sie hätten auch in ihrer „Kaserne", einer Baracke in Gudendorf, bleiben müssen. Aber es hat da wohl einen Truppenführer gegeben, der menschlich war und das Befehlen nicht so genau nahm, jedenfalls ist mein Vater in der kurzen Zeit, die er beim Volkssturm verbrachte, abends zum Schlafen nach Hause gekommen.

Zwei Gesellen meines Vaters sind eingezogen und an die Front geschickt worden: Erich Perner, der mich als kleines Mädchen in den Schlaf gesungen hat mit dem Lied „Guten Abend, gut' Nacht". Er hat am Afrika-Feldzug unter Feldmarschall Rommel teilgenommen und die Schlacht bei El Alamein 1942 unverletzt überstanden. Während eines Heimaturlaubs war er bei uns in Uniform zu Gast. Danach musste er zurück an die Front, hat aber auch den weiteren Krieg überlebt. Der andere Soldat war Werner Kuhrts, der als ganz junger Mensch ein Bein verloren hat und der nach dem Krieg mit einer Prothese in unserer Werkstatt weitergearbeitet hat.

An den Heimaturlaub unseres jungen Nachbarn Hans Heesch erinnere ich mich. Er kam aus Frankreich zurück, wo auch meine beiden Onkel gewesen waren, und hatte für seine Eltern eine Flasche Cognac mitgebracht, die wohl sehr schlecht verpackt in seinem Tornister untergebracht war. Jedenfalls gab es einen Knacks, als er ihn bei der Begrüßung meines Vaters auf die Erde fallen ließ und sagte: „Dor bün ik, Nohwer!" Dabei lief eine braune stark nach Alkohol duftende Flüssigkeit heraus, und das war der Cognac für seine Eltern. Es war der letzte Besuch von Hans Heesch zu Hause, er ist später an der Front gefallen.

Auch der Vater von Telsche Rohde kam als Soldat auf Heimaturlaub und brachte seinen drei Kindern etwas mit, was wir schon lange entbehren mussten: Zucker-Bonbons, eine große Tüte voll einzeln in Papierchen verpackter „Bontsches", wie sie in Dithmarschen hießen, mindestens 1 kg! Ich weiß das so genau, weil die Geschwister Rohde, oder vielmehr ihre Eltern, so großzügig waren und mich auch einmal in die Tüte greifen ließen. Ich durfte mir so viele Bonbons herausnehmen, wie ich mit einer Hand greifen konnte, und das war damals ein ganz besonderer Genuss! Auch für Claus Rohde war es der letzte Heimaturlaub, er ist aus dem Krieg nicht zurückgekehrt. Aber es gab keine Nachricht für die Familie, dass er gefallen war, er galt als vermisst, das heißt, es hat keine Spuren gegeben, ob er umgekommen war. Im Anfang hat die Familie noch Hoffnung gehabt, dass er überlebt haben könnte, aber nach Jahren musste sie sich damit abfinden, dass er ein Opfer des Krieges geworden ist. Die Geburt seines jüngsten Sohnes Carsten im April 1945 hat Claus Rohde nicht mehr erfahren. Mehrere Jahre danach hat seine Frau Lisa wieder geheiratet. Das war nur möglich, nachdem sie ihren vermissten Mann hat für tot erklären lassen. Es war zwar nur eine behördliche Maßnahme, aber doch sehr schmerzlich für sie.

Unser Nachbar Schulrat Heinrich hatte über Weihnachten 1942 als Soldat Heimaturlaub und brachte seinen Kindern einen Hund mit nach Hause, den er am Grab seines gefallenen Herrn gefunden hatte, davon habe ich schon erzählt. Herr Heinrich war nach dem Kriegsende auch in Gefangenschaft, ist aber gesund zurückgekehrt und hat danach wieder als Lehrer gearbeitet.

Heimaturlaub verbrachte auch Hermann Schütt, der Bruder unserer Nachbarin Tante Lotte Mohr, in Meldorf. An ihn erinnere ich mich, weil er eine besondere Uniform trug, nicht die feldgraue der gewöhnlichen Soldaten, sondern die schwarze des Totenkopfverbandes der Waffen-SS mit einem Totenkopf auf dem rechten Kragenspiegel und an dem „Käppi" in Schiffchenform. Als Soldat war er Panzerführer. Seine schwarze Uniform gefiel mir viel besser als die feldgraue, und meine Mutter nannte ihn einen „schneidigen" Soldaten. Dass die SS ursprünglich eine Elitetruppe war, die zum absoluten Gehorsam gegenüber Adolf Hitler verpflichtet war und vor dem Krieg auch besondere Aufgaben der Nazi-Gewaltherrschaft zu erfüllen hatte, wussten wir Kinder natürlich nicht. Der noch sehr junge Onkel Hermann war einfach nett. Einmal beeindruckte er uns, als er einen Granatsplitter aus der Hosentasche zog, ein scharfes zerbrochenes und zersplittertes Stück Metall, und erzählte, davon hätten nach einem Kampfeinsatz Mengen um seinen Panzer gelegen, und leicht hätte einer ihn treffen können. Granaten sind eiserne mit Sprengstoff gefüllte Geschosse, die als Handgranaten von Soldaten im Kampf geschleudert wurden oder von Geschützen verfeuert. Hermann Schütt, der gleich nach dem Notabitur Soldat werden musste, hat den Krieg ohne lange Gefangenschaft überstanden und gleich danach sein Studium begonnen.

Den Soldaten Siegfried Hartnack, Sohn der Holländerei-Besitzer, habe ich nicht mehr bewusst kennen gelernt. Und doch ist mir seine Lebensgeschichte als Kind schon nahegegangen, denn an dem Tag, an dem mein Bruder Heiner geboren wurde, am 3. April 1945, bekamen die Eltern die Nachricht, dass ihr Sohn Siegfried an der Ostfront gefallen war. Und kurz darauf kam auch die Nachricht vom Tode seines Freundes Karl Behnke, Vater meiner Freundin Ruth. Große Trauer um diese beiden jungen Soldaten verbreitete sich in der Nachbarschaft, so erlitten diese Familien großen Schmerz, während wir die Freude über ein gesundes neugeborenes Kind erlebten. Frau Hartnack ist später zu meiner Mutter gekommen und hat ihr unter Tränen der Trauer zur Geburt des Sohnes gratuliert und ihm ein glücklicheres Leben gewünscht, als ihr Siegfried es hatte, der nicht mehr nach Hause gekommen ist.

An den Soldaten Kurt Schukowsky, den Ehemann unserer Mieterin Käthe Schukowsky, kann ich mich gut erinnern, weil es ein Foto gibt, auf dem festgehalten ist, wie er in seinem Heimaturlaub mit Elke Kamphausen und mir am Meldorfer Hafen gespielt hat. Wir haben gebadet und am Deich mit ihm „getobt", und das hat uns wohl viel Spaß gemacht, denn auf dem Foto lachen wir alle und kugeln uns mit ihm auf dem Grasboden. Auch Kurt Schukowsky ist im Krieg gefallen, und ich habe die Trauer seiner jungen Frau um ihn miterlebt, denn sie wohnte ja in unserem Haus. Sie war sehr verzweifelt und hat nur langsam den Mut zum Weiterleben zurückgewonnen, weil die Musik, das Klavierspiel, ihr die Kraft dazu gegeben hat.

Einen berühmten Soldaten hat es auch in Meldorf gegeben, der als Kriegsheld gefeiert wurde, bis er schließlich auch gefallen ist, das war der Fliegeroberst Walter Oesau. Er hat im Luftkampf aus seinem Flugzeug viele feindliche Maschinen abgeschossen und war nicht nur in seiner Heimatstadt Meldorf wegen dieser bestandenen Kämpfe ein hochangesehener Soldat. Dabei muss er als Meldorfer Junge auch sehr beliebt gewesen sein wegen seiner Natürlichkeit und Bescheidenheit, die er sich bei seinen großen Kriegserfolgen bewahrt hat. Ich erinnere mich, dass er meine Eltern auf der Straße begrüßt und auch mir die Hand gegeben hat, wobei ich dann einen tiefen Knicks gemacht habe. Als „Gulle" Oesau im Mai 1944 gefallen war, hat er ein Ehrenbegräbnis in der Heimat bekommen. Ich weiß nicht, wo er mit seinem Flugzeug abgeschossen worden ist, aber man hat seine Leiche nach Meldorf überführt und ihm eine Beerdigung mit militärischen Ehren bereitet, an der die Bürger auch beteiligt waren. Und alle Schüler der Bürgerschule und der Gelehrtenschule mussten an dem langen Trauerumzug durch die Stadt Spalier stehen. Ich habe darum in Erinnerung, wie die von vier Pferden gezogene Lafette mit dem von einer Hakenkreuzfahne bedeckten Sarg um den Meldorfer Dom geführt wurde. Unmittelbar hinter dem Sarg schritt ein Soldat in Uniform, der auf einem schwarzen Samtkissen die Kriegsorden des Obersten trug, und daran schlossen sich im Trauergefolge die Familienangehörigen und hohe Offiziere der deutschen Wehrmacht an. Ein Name, der von Luftwaffengeneral Galland, wurde immer wieder genannt, er war damals einer der ranghöchsten Offiziere der Luftwaffe. Er selbst hat den Krieg überlebt und ist nach Amerika gegangen.

Um den Tod von Walter Oesau, den berühmten Kriegshelden, haben damals viele Meldorfer ganz persönlich getrauert. Eine Broschüre mit Fotos, nach heutigen Ansprüchen auf sehr schlechtem Papier gedruckt, erschien, und Erinnerungen an ihn wurden weitererzählt. So gibt es die Geschichte, dass der Meldorfer Schrotthändler, auf Platt „Plünn'Kerl" genannt, Wilhelm Wittau, bei einer Übung im Felde dem im militärischen Rang sehr viel höher gestellten Oberst Oesau begegnet ist, und als der ihn in der Reihe der einfachen Soldaten entdeckt hatte, soll er voller Freude gerufen haben: „Mensch, Ille!" – so wurde er als Junge genannt – und der habe dann ohne Rücksicht auf die hohe Stellung des Obersten „Mensch, Gulle!" gerufen, und nur die herzliche Begrüßung durch den Offizier hat ihn vor einer Strafe bewahrt. So hat dieser es später in Meldorf selbst erzählt. Er ist heil aus dem Krieg zurückgekehrt, und mein Vater hat mit ihm noch lange Jahre gehandelt und sich brauchbaren Schrott bei ihm herausgesucht. Er ist bis an sein Lebensende „Ille-verschrott-mi" genannt worden.

Einen Luftkampf habe ich als Kind zusammen mit meinem Vater selbst beobachtet. Es muss Ende 1944 oder schon Anfang 1945 gewesen sein, und wir müssen auch irgendwelche Warnungen und Nachrichten gehabt haben, denn wir sind extra an das Fenster unserer Waschküche auf dem Boden gegangen, um eine gute Aussicht zu haben. Ein englisches Flugzeug wurde von einer deutschen, von etwa 17-jährigen Luftwaffenhelfern bedienten FLAK, das ist eine Flugabwehrkanone, in Brand geschossen und stürzte ab, nicht weit von unserem Haus entfernt auf der Weide von Bauer Rohde. Der Pilot konnte sich mit dem Fallschirm retten und wurde über die Hafenchaussee an unserem Haus vorbei in deutsche Gefangenschaft abgeführt. Ich erinnere mich, dass ich mich damals ängstlich an meinen Vater geschmiegt habe, denn dieser fremde Soldat war ja unser Feind, und gefragt habe: „Tut der uns was?" – „Nun nicht mehr", hat mein Vater geantwortet.

172

Das ist eine Szene gegen Ende des Krieges, davor haben wir als Bewohner unserer kleinen Stadt Meldorf selbst viele Luftangriffe aushalten müssen. Zunächst nur indirekt, denn bei den ersten Bombenangriffen ab 1942 auf Kiel, Lübeck und Hamburg lagen wir in der Einflugschneise der englischen Flieger, die über die deutsche Bucht nach Hamburg und weiter ins Land nach Magdeburg flogen. In dieser Anfangszeit des Bombenkrieges hat mein Vater mit uns, meiner Mutter und mir, ganz verschiedene Zufluchtsorte ausprobiert.

Nachdem an die Bürger zum Schutz vor giftigen Gasen Gasmasken ausgegeben worden waren – auch wir Kinder bekamen eine angepasst – sind wir zuerst bei Alarm in unseren engen feuchten Hauskeller hinabgestiegen und haben vor dem Kartoffelgewölbe und neben einer Kruke voller in Wasserglas eingelegter Eier gehockt und abgewartet, bis die Fluggeräusche der feindlichen Flieger wieder abgeklungen waren und die Entwarnungssirene aufheulte. In dieser Enge fühlten wir uns aber nicht sicher, darum beschloss mein Vater, mit uns ins Freie zu gehen.

Den Anblick des Himmels, so wie wir ihn von unserem Versteck unter der Brücke über die Miele auf halbem Wege zum Meldorfer Hafen sahen, habe ich nicht vergessen. Wir waren hier zwar allein und nicht in einem engen Raum eingeschlossen, aber dafür, dass wir zur Sommerzeit im Freien, sogar an der „frischen Luft" waren und uns dabei doch von dem Brückenbogen geschützt fühlten, mussten wir doch das Himmelsschauspiel der Bomber mit ansehen und konnten beobachten, wie die Bomben aus den Flugzeugen wie große Tropfen auf die „Hölle" niedergingen. So wurde im Volksmund damals die Ölraffinerie bei Hemmingstedt genannt, die bis zum Kriegsende immer wieder Luftangriffsziel englischer und amerikanischer Bomber war.

„Dat is nie ton Utholn", sagte mein Vater und meinte damit, dass wir nicht auch noch zugucken sollten, wie vor uns die Ölraffinerie aus der Luft zerstört wurde.

In der nächsten Zeit, immer noch zu Beginn des Bombenkrieges bei uns, haben wir verschiedene Schutzräume ausprobiert. Ich erinnere mich, dass wir im Keller des Finanzamtes versammelt waren mit Bekannten aus der Nachbarschaft, und auch den Heizungskeller der Holländerei haben wir aufgesucht. Für uns Kinder, die wir uns die Gefahr nicht immer bewusst machten, waren das fast nächtliche Abenteuererlebnisse, denn hier trafen sich die Familien Kamphausen mit drei kleinen Mädchen, die Hartmanns mit vier Kindern, Ruth Behnke mit ihrer Mutter und Oma und unsere Hausärztin Frau Dr. Wegner mit ihren drei Kindern. Mit Peter Hartmann und Thilo Wegner spielten Elke und ich ja auch am Tage. Hier im Keller hörten wir nicht die bedrohlichen Geräusche der herannahenden Bomber, und von Müdigkeit war kaum noch etwas zu spüren, nachdem wir oft nach Mitternacht von unseren Eltern aus dem Schlaf aufgenommen worden waren.

Als die nächtlichen Angriffe dann zunahmen, kam mein Vater darauf, uns einen Hausbunker zu bauen, da-

174

mit wir nicht jedes mal einen Fußweg antreten mussten. Die Tankstelle an der Schmiede war im Krieg geschlossen, und das sogenannte Abschmierloch, ein etwa 2 mal 3 Meter großer in die Erde eingelassener Raum von etwa 2 Meter Höhe, über den die Autos damals fahren mussten, damit man auf der Unterseite des Fahrzeugs das alte Öl ablassen und auswechseln konnte, dieses Abschmierloch also stand leer, und mein Vater kam auf die Idee, daraus einen Bunker zu bauen. Innen wurde der Raum in der Länge mit einem Brett als Sitzbank ausgestattet, zu einer besseren Einrichtung war kein Platz. Die eigentliche Sicherung als Bunker bestand darin, dass über den mit Holzbalken abgedeckten Raum eine alte, nicht mehr betriebsfähige Dampfmaschine geschoben und darüber ein hoher Schrotthaufen aus vielen unbrauchbaren Alteisenteilen errichtet war. Mein Vater meinte, dass wir darunter vor Bomben-Splittern sicher seien, und darum sind wir in der letzten Zeit des Krieges fast täglich, meist nachts, über eine kleine eiserne Sprossenleiter in diesen Bunker gekrochen.

Dabei gab es aber keinen besonderen Schutz gegen Regen und Schnee, der durch das Einstiegsloch eindringen konnte, und ich erinnere mich, dass wir während eines schweren Angriffs auf die „Hölle" mit den Füßen auf der Sitzbank hockten, weil auf dem Boden des Raumes hohes Wasser stand. Ich saß auf dem Schoß meines Vaters, und der hielt mir seinen Daumen in meinen Mund, damit ich ihn offen behielt und mir nicht bei den knallenden Detonationen der Bomben mein Trommelfell platzte. Dieser schwere Angriff fand vor der Geburt meines Bruders statt, und meine Mutter hat ihn als hochschwangere Frau miterlebt. Während des nächtlichen Angriffs, bei dem der Himmel mit sogenannten Tannenbäumen über dem Angriffsziel hell erleuchtet war, standen mehrere Menschen vor dem Einstiegsloch unseres Bunkers, die noch mit hätten hinein wollen, aber der kleine Raum war schon überfüllt. Als Heiner dann geboren war, am 3. April 1945, musste auch eine Möglichkeit gefunden werden, das Baby mit in den Bunker zu nehmen. Da hat der Kriegsgefangene Serbe Babic eine sehr nützliche Erfindung gemacht: er hat ein Bunkerbett konstruiert, aus Kupferdrähten zusammengeschweißt und mit einer alten Baumwolldecke ausgepolstert, die er sich von meiner Mutter zur Ausstattung hatte geben lassen. Immer wenn es nun am Tage Fliegeralarm gab – und Babic hörte die herannahenden Flugzeuge schon, bevor die Sirene sie ankündigte – kam er aufgeregt ins Haus gelaufen, rief: „Baby! Babybett!" und trug es am liebsten selbst in den Bunker. An gefährliche Angriffe in den letzten vier Wochen des Krieges kann ich mich aber nicht erinnern.

Wir selbst haben bei den Fliegerangriffen, die meistens der Ölraffinerie in Hemmingstedt galten, keinen Bombenschaden gehabt, und in der Stadt Meldorf ist auch nur ein Haus in Trümmer gelegt worden. Dabei sind aber die beiden Bewohner ums Leben gekommen, und am Morgen danach liefen die Schaulustigen zusammen, um zu sehen, was die Bombe angerichtet hatte. Wahrscheinlich war sie der Hölle zugedacht und nur etwas zu früh abgeworfen worden. Die Toten waren ein Mechanikermeister und seine Frau. Er war, weil er älter als mein Vater war, für die Betreuung der Landmaschinen vorgesehen gewesen. Jetzt war nur noch mein Vater als Fachmann da, und vielleicht ist es ihm durch den Tod des Berufskollegen erspart geblieben, noch als Soldat in den Krieg zu ziehen.

Von den Kriegsgefangenen, die ich als Kind kennen gelernt habe, von „unserem" Babic und Kamphausens Katja habe ich schon erzählt. Sie lebten mit uns in derselben Bedrohung durch die Bombenangriffe, erlitten Entbehrungen und Hunger wie fast alle Menschen in dieser Zeit. Von meinen Eltern wurden sie selbstverständlich als Mitmenschen behandelt, aber offiziell, von der Nazi-Regierung gab es strenge Gesetze, und die Befolgung dieser Gesetze wurde durch die Kreisleiter und Ortsgruppenleiter streng überwacht.

So ist eine Geschichte bekannt geworden, die sich auf einem Bauernhof in Thalingburen abgespielt und ein grauenvolles Ende gefunden hat. Eine junge Bäuerin musste den Hof mit Knechten allein bewirtschaften, weil ihr Mann an der Front war. Ihr war auch ein Kriegsgefangener zugeteilt, mit dem sie sich wohl so gut verstand, dass sie sich in ihn verliebte. Irgendwie muss die Nachbarschaft davon erfahren haben, und die Bäuerin wurde deswegen angezeigt. Wie sie selbst bestraft worden ist, weiß ich nicht, aber der junge Gefangene wurde zum Tode verurteilt, auf einem Bauernwagen gefesselt durch Meldorf gefahren – das habe ich als Kind gesehen – und dann auf dem Hof vor den Augen der Frau erhängt.

Bei Kriegsende, als Nazi-Deutschland besiegt und zerstört war, wurden die Kriegsgefangenen nun als Befreite in ihre Heimatländer hinausgeführt. Babic soll damals versprochen haben, dass er sich melden werde, wenn die Zeitumstände es wieder erlaubten. Es gibt auch in Dithmarschen Familien, in denen es viele Jahre später zu einem Wiedersehen der ehemaligen Gefangenen mit ihren damaligen Arbeitgebern gekommen ist. Von Babic haben wir nie wieder etwas gehört.

Ein besonders schreckliches Kapitel der Naziherrschaft, die Verfolgung der Juden, habe ich als Kind in Andeutungen miterlebt, die wohl auch meinen Eltern erst hinterher etwas klarer geworden sind. Meine Großeltern Rothstein wohnten in Lünen an der Lippe. Die Stadt gehörte zum Ruhrgebiet, und hier lebten seit jeher viele jüdische Bürger. Meine Mutter hatte in ihrer Schulzeit mehrere jüdische Klassenkameradinnen gehabt. Im Haus Goethestraße 12 war eine Wohnung an Juden vermietet, bei denen ich zu Gast war wie bei anderen Freunden meiner Großeltern. An eine Einzelheit in ihrer Wohnung erinnere ich mich: da gab es einen Sessel, dem auf der Lehne ein Aschenbecher fest anmontiert war, so etwas hatte ich noch nicht gesehen. Eines Tages, es kann um 1942 gewesen sein, hieß es, die Juden seien ausgezogen und abtransportiert worden, weil sie in einer größeren Aktion umgesiedelt werden sollten. So wurden der Bevölkerung damals die Deportationen der Juden in die Vernichtungslager erklärt. Oma und Opa wussten nicht, wohin ihre ehemaligen Mieter gebracht wurden, und sie haben sie nie wiedergesehen.

178

Zu dieser Zeit bin ich mit meiner Mutter in der Groß-
stadt Dortmund gewesen, die in der Nachbarschaft von
Lünen liegt. Hier habe ich im Straßenverkehr Männer
und Frauen gesehen, die einen großen gelben Stern aus
Stoff auf ihren Mantel genäht hatten. Es war also in der
Zeit ab September 1941, als es für jeden noch in Deutschland lebenden Juden Pflicht war, in der Öffentlichkeit
diesen „Judenstern" zu tragen, damit sie sofort erkannt
und von den nur für deutsche „Arier" geltenden Bürger-
rechten ausgeschlossen werden konnten. Das alles habe
ich als kleines Kind natürlich nicht geahnt, aber das äu-
ßere Zeichen habe ich durchaus wahrgenommen.

Meine Großeltern hießen Rothstein. Es soll ein alter
westfälischer Name sein und kann bedeuten: „die im
Steinhaus Wohnenden". Mein Urgroßvater Rothstein war
Maurermeister und die Familie seit Generationen in
Westfalen ansässig. Dieser Name könnte aber auch jü-
disch klingen, denn die deutschen Juden trugen oft solche mit -stein zusammengesetzten Namen. Es wurde
erzählt, dass mein Onkel Otto Rothstein, als er sich zur
Wehrmacht meldete, zunächst in den Verdacht geraten
ist, Jude zu sein. Als solcher hätte er nicht deutscher Soldat werden dürfen. Dann hat er aber den sogenannten
Ariernachweis erbracht und anhand der Familienstamm-
bücher nachgewiesen, dass beide Großelternpaare Arier
nach der Bestimmung der Nazi-Ideologie waren und
nicht Juden. Der Ariernachweis war seit 1933 ein Mittel
der Nazis, die deutschen Juden aus der Gesellschaft aus-
zusondern, um sie zunächst zu kennzeichnen und später
zu vertreiben und umzubringen.

Von einer anderen schlimmen Aktion der Nazis, dem sogenannten „Euthanasie"-Programm, ist auch unsere Familie betroffen gewesen. Dabei ging es darum, dass Menschen, die geistig und körperlich behindert waren oder unter einer unheilbaren Krankheit litten, von den Ideologen der Nazis als „lebensunwert" angesehen wurden. In geheimen Maßnahmen, die nach außen als Hilfsaktionen ausgegeben waren, wurden auf diese Weise viele Menschen umgebracht.

Der Vetter meines Vaters, Wilken Wierk, war Epileptiker, hatte aber nur die leichtere Form von Anfällen, so dass er auf dem Hof seiner Eltern mitarbeiten konnte, bis er eines Tages von Nazi-Beamten des Gesundheitsamtes abgeholt wurde zu einer „Heilkur". Die Familie war zunächst angetan von dieser medizinischen Hilfe. Aber schon nach kurzer Zeit kam die Nachricht, Wilken Wierk sei an einer Lungenentzündung plötzlich verstorben und auf dem Friedhof des Erholungsheimes beerdigt worden. Später erst, als mehrere solche Krankengeschichten bekannt wurden, ist für die Familie klar gewesen, dass Wilken Wierk nach dem Euthanasie-Programm umgebracht worden ist.

KRIEGSENDE

An das Kriegsende, wie wir es in Meldorf erlebten, habe ich eine genaue Erinnerung. Wahrscheinlich war es der 5. Mai 1945. Als wir um die Mittagszeit an unserem Wohnzimmertisch saßen und auf die Straße nach Heide guckten, kamen mit einem lauten ratternden Geräusch, das wir bisher noch nicht kannten, mehrere Panzer an unserem Haus vorbeigefahren. Darauf saßen englische Soldaten, die unsere Stadt ohne weitere Kämpfe oder Verteidigung eroberten und von nun an nach den erforderlichen Übergabezeremonien durch den Bürgermeister unsere Besatzungsmacht waren. Natürlich war unser Straßenbelag, eine Pflasterung mit faustgroßen Basaltsteinen, nicht dazu eingerichtet, dass schwere Panzerketten darauf fahren konnten. So zog sich nach dem Einzug der Panzer eine Spur der Verwüstung durch die Straßen, auf denen sie gefahren waren. Besonders schlimm war der „Hartmannsberg", der mit aufrecht gesteckten Ziegelsteinen gepflastert war, von den Panzerketten aufgerissen, so dass wir Kinder im folgenden Winter dort wegen der tiefen Furchen nicht mehr gut rodeln konnten. Das stellte sich dann später heraus.

Als kurz darauf Materialien aus den liegengebliebenen Kriegsgeräten verwendet werden durften, hat mein Vater den Platz vor der Werkstatt mit alten Panzerketten belegt und einen Teil mit Kartuschen von Flakgranaten gepflastert. Dadurch hatten wir lange Jahre einen sauberen Werkstattvorplatz.

Zunächst bedeutete die Besetzung durch die englischen Panzer aber eine große Erleichterung für uns, denn jetzt gab es keinen Fliegeralarm, Bombenangriff und keine Bedrohung durch Tiefflieger mehr. In den letzten Tagen vor dem Einzug der Besatzungstruppen war die Unsicherheit, wie nahe die Gefahr war, sehr groß, und es hat noch den hilflosen, fast lächerlichen Versuch gegeben, auf den von Flüchtlingstrecks befahrenen Straßen ein sichtbares Zeichen zu geben, in welcher Stufe des Fliegeralarms wir uns befanden. So mussten wir gegenüber unserem Haus in der Heider Straße eine Flagge an einem Stiel aushängen, die jeweils Voralarm, Alarm und Vorentwarnung anzeigte. Das habe ich als kleines Mädchen auch mit als Aufgabe übernehmen müssen. Ich wurde dann auf die andere Straßenseite geschickt, wo ich die Flagge umstecken oder einziehen musste. Es hat wohl nur kurze Zeit diese vergeblichen Versuche gegeben, den Grad der Bedrohung anzuzeigen, aber die war mit dem Einzug der Engländer endgültig zu Ende.

In den letzten Tagen vor dem Ende des Krieges hatte der Landrat des Kreises Süderdithmarschen an meinen Vater eine große Zahl von Hufeisen aus Wehrmachtsbeständen übergeben. Man hätte 4000 Pferde damit beschlagen können. Er sollte sie als Obermeister an die Schmiede der Innung weitergeben, wenn deren Bestände erschöpft waren. Als die Engländer die Verwaltung übernommen hatten, hat ein Verwaltungsangestellter, der Kenntnis von der Lieferung hatte, sich bei den Engländern einschmeicheln wollen und meinen Vater angezeigt, er habe sich Wehrmachtsbestände widerrechtlich angeeignet. Darauf kam ein englischer Offizier in die Werkstatt und verlangte die Auslieferung der Hufeisen. Als mein Vater sich weigerte, rollte auf ein Kommando des Offiziers ein Panzer vor die Werkstatt und zielte mit seiner Kanone auf das offene Tor. Noch einmal verlangte der Offizier viertausend Paar Hufeisen. Mein Vater gab sie daraufhin heraus. Dass ein Pferd vier Hufe hat, viertausend Paar also noch im Werkstattkeller lagerten, hat der Offizier übersehen. Die Schmiede Dithmarschens hatten bis zur Währungsreform Hufeisen genug.

Immer noch zogen aber Flüchtlingstrecks aus Westpreußen und Ostpreußen, die wochenlang unterwegs gewesen waren, in Dithmarschen ein, und das hieß, dass diese armen Menschen, die zunächst in den Massenlagern der Schulen versorgt wurden, jetzt in Meldorf und den Dörfern der Umgebung untergebracht werden mussten. Es wurde in den Häusern und Wohnungen immer enger, denn schon für die „Ausgebombten" aus Hamburg hatten die Einheimischen in ihren Wohnungen Platz machen müssen, jetzt mussten sie noch mehr zusammenrücken. Eine städtische Behörde, das Wohnungsamt, hat noch jahrelang verfügt, wie viel Wohnraum jedem Menschen zustand, selbst im eigenen Haus.

Auch in unser Haus in der Hafenchaussee wurden Flüchtlinge einquartiert. Die ersten waren Frau Schaar und ihre kleine Tochter Inge, die etwas jünger war als ich. Die beiden bekamen ein winziges Zimmer in der Wohnung von Frau Schukowski zugeteilt, in dem ein einziges Bett stand, ein Schrank und ein Stuhl. Frau

Schaar hat in unserem Haushalt mitgeholfen, und die beiden haben natürlich auch mit uns gegessen und gehörten so fast mit zur Familie. In Erinnerung ist mir geblieben, dass Frau Schaar ostpreußische Gerichte kochte: eine „Klunkersuppe" aus Milch und kleinen Mehlklüten und „Kutteln", süßsauer gekochten Rindermagen.

Einige Villen der Stadt, die auch damals schon komfortabel waren, mussten für die Offiziere der englischen Besatzung geräumt werden. Familie Hartmann war davon betroffen, die in Windeseile in die Holländerei umziehen konnte, und auch Tante Mia Rehling. Onkel August war als Amtsarzt bei Kriegsende von der englischen Militärregierung interniert worden, das heißt, er wurde in einem Gefangenenlager festgehalten, bis untersucht war, wieweit er als Amtsarzt am Naziregime beteiligt und sich vielleicht schuldig gemacht hatte. Er kam nach einiger Zeit als „Entnazifizierter" wieder nach Hause.

Bis dahin aber lebte Tante Mia allein und wohnte als aus ihrem Haus Vertriebene bei den beiden verwitweten Damen Claudine Peters und Helene Boysen. Da wir seit meiner Einschulung gut befreundet waren mit Rehlings, haben meine Eltern mich als kleine Gesellschafterin zu Tante Mia geschickt. Ich habe mit ihr in einem engen Zimmer geschlafen, und wir haben uns sehr gut verstanden und gern gemocht. Abends haben wir manchmal oder auch nur einmal ohne Beleuchtung im Zimmer am Fenster gesessen und haben in die Nachbarwohnung geguckt, in der Senta Kuhrts wohnte.

Das war die dickste Frau, die ich jemals gekannt habe. Über sie wurde in Meldorf eine Geschichte erzählt: sie sei einmal auf der Straße hingefallen und habe zu einem vorbeikommenden Jungen gesagt: „Wenn du mi hölpst bi't Opstohn, kriest'n Groschen!" Als er ihr aufgeholfen hatte und sie ihn auslachte: „Den Groschen kries' doch ni!" soll er sie wieder hingeschubst haben. Mein Vater hat das so erzählt: „Denn hett he ehr weller ümstött." Mit solchen Geschichten vertrieben Tante Mia und ich uns damals im engen Zimmer die Zeit vor dem Zu-Bett-Gehen.

Natürlich hatten in der Anfangszeit viele keine eigene Küche oder etwa ein Bad. In manchen Einzimmerwohnungen gab es nur behelfsmäßige Öfen und nicht einmal Wasser, das musste aus der Nachbarschaft herbeigeholt werden. Deshalb wurde eine alte Wasserpumpe auf dem Hof von Tante Lotte Mohr wieder in Betrieb genommen. Hier war nun der Treffpunkt der „Einquartierten", ab Juni war es für uns Kinder der Ort, an dem wir die neuen Nachbarn kennen lernen konnten. Horst und Heidi Schipporeit trafen wir hier zum ersten Mal. Beide Kinder, etwa vier und sechs Jahre alt, hatten kahl geschorene Köpfe, auch das Mädchen. Nur so hatte man sie von dem Ungeziefer, Läusen, Flöhen und Krätze, befreien können, das sie von der Flucht mitgebracht hatten.

Da nach dem Kriegsende der Sommer bald ins Land zog, war das Zusammenleben in den eng gewordenen Wohnungen der Einheimischen mit den Flüchtlingen in den Notquartieren zunächst nicht so schwierig. Schlimm wurde es dann im sehr strengen Winter 1945, als viele Menschen unter der Kälte gelitten haben, weil sie in ihren Behelfswohnungen nicht richtig heizen konnten, aber vor allem, weil es kein Heizmaterial gab. Statt Koks, Eierkohlen und Briketts wurde in den Kachelöfen der alten Wohnungen und in den primitiven Kanonenöfen der Flüchtlinge Ölkreide verheizt, das waren die Rückstände bei der Ölgewinnung. Kanonenöfen sahen aus wie ein kurzes dickes Kanonenende mit einem Ofenrohr für den Abzug.

Wer stark genug war, besorgte sich zum Heizen auch Holz von den Straßen- und Chausseebäumen, die überall in der Stadt gefällt wurden. Als wir Kinder uns bei den gefällten Bäumen in der Hafenchaussee versammelt hatten, kam Peter Hartmann mit der Nachricht: „Habt ihr schon gehört? Hitler ist tot!" Es muss also Ende April gewesen sein.

So hat mein Vater tagelang mit seinen Lehrlingen in den „Anlagen" die Stubben der abgeschlagenen Bäume gerodet, damit wir zusätzliches Heizmaterial für unseren Kachelofen hatten. Für die ganz Armen, bei denen es zu Hause kalt blieb, gab es immerhin die Wärmehallen der Stadt, das waren öffentliche Wohnzimmer, gut geheizt, in denen man lesen, handarbeiten, schreiben konnte. Ich bin auch einige Male darin gewesen, weil ich es interessant fand, dort Bekannte zu treffen, nicht, weil es bei uns zu Hause nicht warm genug war. Auch die Lebensmittelzuteilung auf Karten war in dieser ersten Zeit nach dem Krieg noch sehr gering. Zwar gab es einige Male sehr

186

überraschend Sonderzuteilungen aus Armeebeständen der aufgelösten deutschen Wehrmacht, das waren einmalige Rationen von Zucker, Backobst und Dosenfleisch, aber die waren auch schnell aufgebraucht.

Eine ständige Einrichtung gab es etwa ein Jahr lang, nachdem die vielen Flüchtlinge aus dem Osten angekommen waren, für die Menschen, die nicht selbst wirtschaften konnten, weil sie zu beengt wohnten: die Volksküche. Hier wurden in alten „Gulaschkanonen" Eintopfmahlzeiten gekocht, die man gegen Abgabe von Lebensmittelmarken entweder im großen Gemeinschaftsspeisesaal verzehren, oder mitnehmen und zu Hause essen konnte. In unserer Nachbarschaft wohnte Familie Eilers, zu der damals vier eigene Kinder gehörten und eine Freundin mit fünf kleinen Kindern, die als Flüchtlinge im Haus aufgenommen waren. Jeden Mittag um zwölf zogen nun Frauen und Kinder dieses Großhaushalts bei uns mit einer Karre und einem hohen Essenkübel vorbei, in dem sie die Mahlzeit für zwölf Menschen abholten. So hatten sie einmal am Tag ein ausreichendes Essen, für das sie kein Geld, aber einen Teil der Lebensmittelmarken abgeben mussten. Morgens und abends haben sie sich selbst versorgt.

Das Brot, das wir damals kaufen konnten, war zum Teil mit Maismehl gebacken. Dazu wurde später eine Geschichte erzählt, wie es dazu gekommen ist, dass in Dithmarschen dieses sonst kaum bekannte Getreide zum Brotbacken verwendet wurde. Die Amerikaner haben bald nach Kriegsende ihre Hilfe für die notleidende deutsche Bevölkerung zugesagt, und als sie gefragt hätten, was denn am nötigsten gebraucht werde, soll die Bitte gekommen sein: „Schickt uns Korn!", womit die Deutschen Getreide für Brot wie Weizen und Roggen meinten, während die Amerikaner aber Mais als „corn" bezeichneten. Es hat dann große Hilfslieferungen gegeben, die zum Brotbacken verwendet wurden. Mais konnte man zunächst noch nicht entbittern, darum war das Brot kaum genießbar. Ich erinnere mich aber auch, dass meine Mutter Pudding aus Maisgries gekocht hat, der zwar noch ganz leicht bitter schmeckte, mit Früchten aber gut zu genießen war.

Ab 1946 gab es dann für die sehr Bedürftigen Care-Pakete aus Amerika. Care ist Englisch und heißt Fürsorge oder Betreuung, aber die Buchstaben stehen auch für: Cooperative for American Remittances to Europe. Es waren Hilfssendungen mit Nährmitteln und Kleidungsstücken. Die haben wir besser versorgten Einheimischen nicht bekommen, aber bei den Tanten Erna und Anne Hansen, alleinstehenden älteren Frauen, habe ich miterlebt, welche Freude so ein Care-Paket auslöste.

Eine Möglichkeit, sich ohne Lebensmittelkarten Nahrungsmittel zu besorgen, boten die sogenannten Hamsterfahrten. Unsere Familie hat sie nicht unternehmen müssen, ich habe nur davon gehört, dass dabei Kartoffeln, Getreide, Wurst und Speck „gehamstert" wurden. Es war aber nicht reine Bettelei, sondern von den Hamsterern, die zu Fuß oder auf Fahrrädern unterwegs waren, wurde dafür auch etwas angeboten so ähnlich wie in der Tauschzentrale. Meistens waren das Schmuckstücke oder leicht zu transportierende kleine Gegenstände.

Speiselokale und Gastwirtschaften gab es nach Kriegsende überhaupt nicht, jedenfalls bei uns in Meldorf nicht, aber 1946 begann dann wieder ein dürftiger „markenfreier" Ausschank von Getränken. Dazu fällt mir wieder ein, dass Elke Kamphausen und ich in der Bahnhofsgaststätte verkehrt sind, wo Kornkaffee und „Heißgetränke" ausgeschenkt wurden, das war heißes rotgefärbtes und irgendwie süß aromatisiertes Wasser, die erste Limonade, die man kaufen konnte.

HEINERS GEBURT

Kurz vor dem Kriegsende, der Kapitulation am 10. Mai 1945, wurde mein Bruder Heiner geboren am 3. April 1945. Er hat also als Säugling die letzten Wochen des Krieges miterlebt, als es immer noch Bombenangriffe gab und als Tausende von Menschen aus den deutschen Ostgebieten von den Russen vertrieben wurden und auf Trecks als Flüchtlinge nach Dithmarschen kamen. Für fast alle Menschen war es eine Zeit der Not und Verzweiflung, aber unsere Familie hat die Freude der Geburt eines gesunden Kindes erlebt. Dass ein Junge geboren wurde, bedeutete für die Handwerkerfamilie Wierk etwas Besonderes, denn bisher gab es sechs Mädchen in dieser Generation.

Die Geburt fand im Hause statt unter Mithilfe der Gemeindeschwester Lisa und der Hebamme Frau Kibbel. Ein Arzt ist nicht dabei gewesen. Beide Frauen kamen noch einige Zeit zur Wochenpflege, die Hebamme einige Tage, um das Baby zu baden und zu wickeln. Die Gemeindeschwester Lisa blieb der Familie nicht nur als medizinische Hilfe, sondern als persönliche Freundin ein Leben lang verbunden. Vorher habe ich, immerhin im neunten Lebensjahr, von der Schwangerschaft meiner Mutter nichts erfahren, nicht von ihr selbst und auch nicht von anderen, und ich war auch nicht von ihr aufgeklärt worden. Der Grund dafür war vor allem ihre persönliche Befangenheit, aber sicher auch die Scheu der ganzen Generation, über Fragen und Zusammenhänge der Sexualität offen zu reden.

Mutterschaft war ein Ideal und wichtiger Wert in der Nazi-Ideologie und die Liebe zwischen den Eltern hoch gepriesen, aber im öffentlichen Gespräch war die geschlechtliche Liebe ein Tabu-Thema, jedenfalls in der Umgebung, in der ich aufwuchs. Wenn ich damals die Lebensmittelkarten genau angesehen hätte, wäre mir vielleicht aufgefallen, dass es für meine Mutter einen Abschnitt extra gab „für werdende und stillende Mütter", darauf wurde eine Zuteilung Vollmilch zusätzlich zu „entrahmter Frischmilch" ausgegeben. Meine Mutter hat ihr Kind stillen können, und nicht nur ihr eigener, sondern noch ein Säugling bekam von ihr Muttermilch zu trinken: der etwa gleichzeitig geborene kleine Franz-Peter Köhne, der in Meldorf zur Welt kam, nachdem seine Mutter, Gertrud Köhne, aus dem zerbombten Münster geflohen war und bei ihrem Bruder und Schwägerin August und Mia Rehling Zuflucht gefunden hatte. Der Vater des Kindes war gerade im Krieg gefallen, die Mutter körperlich völlig entkräftet, und so war meine Mutter für das Neugeborene eine Amme, und Heiner Wierk und Franz-Peter Köhne wurden zu Milchbrüdern.

In dieser Zeit bekam unsere Familie viel Unterstützung von befreundeten Bauern, den Kunden meines Vaters, die uns Extraportionen zu essen brachten. Sogar eine fertige Hühnersuppe war dabei, die man mit Zutaten der Lebensmittelmarken nie hätte zubereiten können.

Heiner ist geboren

Ich selbst wurde nach der Geburtsnacht, die ich bei den Nachbarn Heinrich verbringen musste, nur kurz zum Angucken des Brüderchens geholt und bin dann zu den Wierks nach St. Michaelisdonn gebracht worden, zu meinen drei Cousinen Heinke, Nanny und Wilma.

Noch war Krieg, noch gab es Luftangriffe, und im Zusammenhang mit der Geburt meines Bruders habe ich eine Erinnerung, die ich heute für sehr schlimm halte: Nanny und ich hatten in einem kleinen Laubwäldchen hinter der Bahnlinie gespielt und dort zu unserer Überraschung ein Ei gefunden, das von einem freilaufenden Huhn des angrenzenden Gartens stammen musste. Ich hielt das für einen ganz großen Fund, den ich meiner Mutter als Geschenk mitbringen wollte, und freudig bewegt machten wir uns auf den Rückweg nach Hause.

Als wir mitten auf den Bahnschienen hinter den offenen Schranken angekommen waren, kam ein Tiefflieger herangebraust, ging noch weiter herunter, und aus der Kanzel des Flugzeugs knallten Gewehrschüsse genau neben uns auf den Boden. Außer uns war niemand auf der Straße. Der feindliche englische Soldat muss also tatsächlich auf zwei harmlose spielende Kinder gezielt haben, die er aus der Luft in der sonst leeren Straße gesehen hat. Wir blieben unverletzt, aber die grausame, menschenverachtende Verfolgung von wehrlosen Zivilisten, der die Flüchtlinge auf ihren Trecks ständig ausgesetzt waren, haben wir Kinder hier in dem sonst stillen Dorf auch erlebt.

Oma Wierk und ihr Enkelkinder

Als ich nach einigen Tagen wieder bei meinen Eltern und dem neugeborenen Brüderchen war, kamen außer den Freunden und Nachbarn auch offizielle Gratulanten ins Haus, vertreten durch nette „Mädel" vom BDM. Obwohl der Nazi-Staat schon fast untergegangen war – darüber durfte aber auf gar keinen Fall laut gesprochen werden – gab es vom Führer Adolf Hitler ein Dankschreiben an die deutsche Mutter, die dem Volk einen Sohn geboren hatte. Ich fand es rührend, dass die Urkunde mit einem von BDM-Mädchen geflochtenen Blütenkränzchen überreicht wurde. Natürlich erkannte ich noch nicht die Ideologie, die dahinter steckte, denn in dem Sohn wurde der zukünftige Soldat und Kämpfer begrüßt. Den weiteren und genaueren Text des Schreibens weiß ich nicht mehr und kann auch nicht sagen, wie er sich von einem Glückwunsch zur Geburt eines Mädchens unterscheidet.

Bei der Verleihung des „Mutterkreuzes", der Auszeichnung einer Mutter, die viele Kinder geboren hatte, wurde kein Unterschied zwischen der Geburt von Jungen und der von Mädchen gemacht. Verliehen wurde für die Geburt von vier Kindern ein Mutterkreuz in Bronze, von sechs Kindern in Silber, und für mehr als acht Kinder gab es das goldene Mutterkreuz. Es konnte auch nachträglich an Frauen der älteren Generation ausgegeben werden, die im Krieg Söhne als Soldaten verloren hatten. Ich habe das silberne Mutterkreuz von meiner Oma Wierk bis heute aufbewahrt, das ihr gebracht worden ist, als ihr Sohn Hermann in Russland gefallen war.

HELGOLAND

Um euch deutlich zu machen, worum es bei diesen Erinnerungen geht, muss ich euch zuerst einmal von Helgoland und seiner Geschichte erzählen. Es ist eine nordfrie-
sische Insel, ein roter, steil aus dem Wasser aufsteigender
Sandsteinfelsblock in der deutschen Bucht. Für uns Dithmarscher ist er vom Hafen Büsum aus mit dem Schiff in
gut 2 Stunden zu erreichen. Von der wechselnden Zuge-
hörigkeit der Insel zu Schleswig- Holstein, Dänemark
und England braucht ihr euch nur zu merken, dass sich
im Jahre 1841 der Dichter Heinrich Hoffmann von Fal-
lersleben auf dem damals noch englischen Helgoland als
Kurgast aufhielt und bei dieser Gelegenheit das „Lied
der Deutschen" dichtete, das seit dem Ende des Kaiser-
reichs unsere Nationalhymne ist. Seit 1890 ist Helgoland
deutsch und hat wegen der strategisch günstigen Lage in
beiden Weltkriegen eine Rolle als Kriegshafen gespielt.

Meine Erinnerungen sind genau datierbar, denn ich
habe miterlebt, wie am 18.April 1947 die während des
Krieges schon durch Bombenangriffe völlig zerstörte
Insel von den Engländern „ins Meer gebombt" werden
sollte. Die bis dahin überlebenden Inselbewohner wurden evakuiert, und in die Bunker der nun unbewohnte
Insel wurden riesige Mengen von Sprengstoff eingelagert
und gezündet und aus der Luft Bombenmengen abgela-
den, Kriegsmaterial, das nach dem Ende des 2. Welt-
kriegs auf diese Weise „entsorgt" werden sollte. Mit der
Vernichtung der verhältnismäßig kleinen Felsinsel woll-

ten die Engländer auch einen wichtigen militärischen Stützpunkt ausschalten.

Meldorf, in der Dithmarscher Bucht gelegen, ist nur gut 50 km Seelinie von Helgoland entfernt, und als das vorher von der englischen Besatzungsmacht angekündigte Bombardement einsetzte, klirrten bei uns die Fensterscheiben, und ich kann mich deutlich erinnern, wie die Druckwellen der Detonationen noch hier spürbar waren, das dumpfe Knallen der Sprengungen noch zu hören. Und wer an den Meldorfer Hafen ging, konnte eine über 2000 m hohe Rauchwolke über der Insel am Himmel stehen sehen.

Danach hat lange Zeit niemand die Insel betreten dürfen wegen der Gefährlichkeit der noch ungezündeten Bomben und Granaten, aber eine Annäherung mit dem Schiff war möglich. Auch den Küstenbewohnern und ehemaligen Helgoländern wurde Gelegenheit gegeben, einen Blick auf die zerstörte Insel zu werfen, denn die Engländer hatten es nicht geschafft, sie ganz und gar verschwinden zu lassen.

Und so fuhr eines Tages, es wird frühestens 1948 gewesen sein, ein Schiff von Büsum Richtung Helgoland auf eine Erkundungsfahrt. Dass ich meinen Vater begleiten durfte, hat tagelang auf der Kippe gestanden, denn ich war vorher krank, und mit Fieber hätte ich natürlich nicht mitfahren dürfen. Aber ich habe mich wohl sehr angestrengt, wieder gesund zu werden, und bin mit meinem Vater an Bord gegangen, wo ich dann sehr bald wieder krank wurde, – seekrank! Da das Meer sehr bewegt war, wurden viele Mitreisende von der Seekrankheit geplagt und hingen reihenweise über die Reling, um ins Wasser zu spucken. „Sie opfern Neptun", machten sich die Leute lustig, die verschont geblieben waren. Uns Seekranken ging es aber wirklich dreckig. Die Erinnerung an den Anblick der zerstörten Insel verbindet sich für mich bis heute mit diesem elenden Gefühl. Als ich mich von meinem Lager in der Nähe der Backbordreling mühsam erhoben hatte, sah ich die Insel, die einmal ein Felsbrocken mit steil abfallenden Küstenwänden war, wie einen großen roten Schutthaufen im Meer liegen. Die scharfen Kanten waren mit Geröll überschüttet, die ehemals alleinstehenden Felsentürme „Lange Anna" und „Mönch" verschwanden in den Felstrümmern, die auf sie geprasselt waren. Ein Unterschied zwischen dem „Oberland", wo die Kirche und Häuser gestanden hatten, und dem „Unterland" am Fuße des Felsens war nicht mehr auszumachen. Wenn damals ehemalige Helgoländer mit uns gefahren sind, muss ihnen beim Anblick der Insel, die einmal ihre Heimat war, das Herz geblutet haben. Auch uns Fremden, die wir das Bild der heilen Insel nur von Fotos und Postkarten kannten, tat der Anblick weh. Beruhigend war dabei wohl nur die Gewissheit: Es gibt die Insel noch, sie ist nicht im Meer versunken.

Am 20.12.1950 besetzten zwei Studenten diesen wüsten Trümmerhaufen und erwirkten damit schließlich die Freigabe der Insel, die am 1.3.1952 an Deutschland zurückgegeben wurde. Der Wiederaufbau begann.

Der Dampfer nach Helgoland legt ab

Nun noch einmal zu dem Dichter Hoffmann von Fallers-
leben: Weil er auf Helgoland das Deutschlandlied geschrieben hatte, ist ihm dort noch vor dem 2. Weltkrieg
ein Denkmal gesetzt worden, eine Büste, d.h. Kopf und
Oberkörper aus Bronze auf einem Steinsockel. Bei den
Aufräumungsarbeiten hat man nun diese Bronzefigur in
den Trümmern wiedergefunden, aber angeschlagen und
zum Teil zerstört, so dass sie in eine Werkstatt zur Reparatur gebracht werden musste. Und so kam sie nach
Meldorf in die Schmiede meines Vaters. Er hat die hohle
Metallfigur ausgebeult und gerichtet und kleine Löcher
von Splittern zugeschweißt. Heute steht sie wieder an
ihrem alten Platz.

In jahrelanger Arbeit ist der Inselfelsen von Trümmern
freigeräumt worden, und die Helgoländer haben ihre
Häuser an der alten Stelle wieder aufbauen können.